PRINCIPII DI FILOSOFIA ZOOLOGICA E ANATOMIA COMPARATA

JOHANN WOLFGANG VON GOETHE

Texte et illustration de couverture : © domaine public
Edition : Culturea (Hérault, 34)
Contact : infos@culturea.fr
Retrouvez notre catalogue sur http://culturea.fr
Imprimé en Allemagne par Books on Demand
Design typographique : Derek Murphy
Layout : Reedsy (https://reedsy.com/)

Dépôt légal : janvier 2023

ISBN : 9791041844784

PRINCIPII

DI

FILOSOFIA ZOOLOGICA

discussi nel marzo 1830 all'Accademia delle Scienze di Parigi

DA

STEFANO GEOFFROY SAINT HILAIRE

La seduta dell'Istituto di Francia, del 22 febbraio 1830, è stata il teatro di un avvenimento significante, del quale devono essere necessariamente importanti le conseguenze. In quel santuario delle scienze, dove tutto segue in presenza di un pubblico numeroso, e con perfetta convenienza di modi, dove le parole hanno l'impronta di un carattere di moderazione che suppone un poco di quella dissimulazione che si trova nelle persone educate, dove i punti di litigio sono piuttosto lasciati in disparte che non discussi; in quel santuario appunto è sorta una discussione, che potrebbe veramente diventare una contestazione personale, ma che, veduta da vicino, ha una importanza ben maggiore.

Quel perpetuo conflitto che da tanto tempo divide il mondo dei dotti in due partiti, era per così dire latente fra i naturalisti francesi e li divideva senza che essi stessi lo sapessero; questa volta è scoppiato con una violenza singolare. Due uomini rimarchevoli, il segretario perpetuo dell'Accademia, Giorgio Cuvier, e uno dei suoi membri più segnalati, Stefano GeoffroySaintHilaire, sorgono l'uno contro l'altro; il primo, circondato dalla sua immensa fama; il secondo, forte della sua gloria scientifica. Entrambi professano da trent'anni la storia naturale al Jardin des plantes; operai in par modo laboriosi nel campo della scienza, hanno incominciato a lavorare insieme; ma poi, separati a poco a poco dalla differenza delle loro vedute, si sono avviati in due opposte strade. Cuvier non si stanca mai di distinguere, di descrivere esattamente ciò che ha sotto gli occhi, e di allargare per tal modo il suo impero sopra una superficie immensa; Geoffroy Saint Hilaire studia silenziosamente le analogie degli esseri e le loro misteriose affinità: il primo parte dalle esistenze isolate per arrivare a un complesso che presuppone, senza pensare di poterne mai avere l'intuizione; il secondo porta dentro di sè l'immagine di questo complesso e vive nella persuasione che se ne potranno a poco a poco dedurre gli esseri isolati. Cuvier accoglie con riconoscenza tutte le scoperte di Geoffroy nel campo della osservazione, e questi è lungi dal respingere le osservazioni isolate, ma decisive del suo avversario; non hanno nè l'uno nè l'altro la coscienza di questa scambievole azione. Cuvier il quale incessantemente separa e distingue, partendo sempre dalla osservazione, non crede alla possibilità di un presentimento, di una previsione della parte nel tutto. Pare a lui una esorbitante pretesa il voler conoscere e distinguere ciò che non si può nè vedere cogli occhi del corpo, nè toccare colle mani. Geoffroy, fermo su saldi principii, si abbandona alle sue elevate ispirazioni, e non si assoggetta alla autorità di un tal metodo.

Non ci si vorrà movere rimprovero, se, dopo questa esposizione preliminare, ci faremo a ripetere ciò che dicevamo sopra, vale a dire che si tratta qui di due forze opposte della mente umana, quasi sempre isolate e sparpagliate per tal modo che s'incontrano tanto raramente insieme nei dotti quanto negli altri uomini. La loro eterogeneità rende ogni ravvicinamento malagevole, e non si è che con qualche

3

rammarico che esse si aiutano scambievolmente. Una lunga esperienza personale e la storia della scienza mi fanno temere che la natura umana non sia per potersi mai sottrarre alla influenza di questa fatale scissione. Dirò anche, spingendomi più oltre, che l'analisi esige tanta perspicacia, una attenzione talmente continuata, una così grande attitudine a tener dietro alle variazioni della forma nei più minuti particolari, e a dar loro un nome, che non si potrebbe biasimare quell'uomo il quale essendo fornito di tutte queste facoltà, ne vada superbo, e consideri un così fatto metodo siccome il solo ragionevole e vero. Come mai potrebbe, egli risolversi a dividere una gloria tanto penosamente acquistata con sforzi laboriosi, con un rivale che ha avuto l'arte di arrivare senza fatica a quella meta dove il premio non dovrebbe essere dato che al lavoro e alla perseveranza?

Non v'è dubbio che chi piglia le mosse da una idea ha il diritto di inorgoglirsi di aver saputo concepire un principio; egli si riposa fiduciosamente nella certezza che sarà per trovare nei fatti isolati tutto ciò che ha segnalato nel fatto generale. Un uomo in tal condizione ha pure quel bene inteso orgoglio che proviene dal sentimento delle sue forze, e non c'è da meravigliare se egli non cede nulla dei suoi vantaggi, e protesta contro quelle insinuazioni che tenderebbero ad abbassare il suo genio per esaltare quello del suo avversario.

Ma ciò che rende malagevolissimo qualsiasi ravvicinamento si è che il Cuvier, il quale non si occupa che di risultamenti tangibili, può ad ogni volta mettere avanti le prove di ciò che asserisce, senza presentare ai suoi uditori quelle nuove considerazioni che in sulle prime paiono sempre strane; perciò la maggior parte del pubblico, o anche tutto quanto il pubblico si è messo dalla sua parte: mentre il suo rivale si trova solo e separato da quelli stessi che partecipano alle sue opinioni, perchè egli non se li sa attirare. Sovente già si è veduto questo antagonismo nella scienza, e il medesimo fenomeno si deve riprodurre sempre, perchè gli elementi opposti che lo costituiscono si sviluppano con una forza eguale e determinano una esplosione ogni qual volta si trovano in contatto.

Il più delle volte la cosa avviene fra uomini che appartengono a popoli differenti, che sono lontani l'uno dall'altro per la loro età e per la loro posizione sociale, i quali, col reagir l'uno sull'altro, menano una rottura di equilibrio. Il caso presente offre questa circostanza rimarchevole che si tratta di due dotti della medesima età, collegati da trentotto anni nella medesima università i quali, coltivando lo stesso campo in due direzioni opposte, scansandosi, sopportandosi vicendevolmente con una attenzione piena dì reciproci riguardi, non hanno potuto sottrarsi a una collisione finale, che ha dovuto colpirli tutti e due penosamente.

Dopo queste considerazioni generali possiamo procedere all'esame del libro di cui il titolo sta in capo a questa memoria. Dal principio di marzo i giornali di Parigi parlano ai loro lettori di questo avvenimento e si schierano dalla parte dell'uno o dell'altro dei due avversari. Queste discussioni occuparono parecchie sedute, fino a che Geoffroy Saint Hilaire credette opportuno di mutare il teatro del combattimento e di fare un appello, per mezzo della stampa, a un pubblico meno ristretto.

Noi abbiamo letto e meditato questo libro; fummo trattenuti da più di una difficoltà, e per meritare i ringraziamenti di quelli che staranno ora per leggerlo, ci sforzeremo di guidarli facendo la cronaca delle discussioni che hanno agitato l'accademia, le quali discussioni si possono considerare come il sommario dell'opera.

Seduta del 15 febbraio 1830.

Il signor Geoffroy Saint Hilaire legge un rapporto intorno a una memoria di due giovani naturalisti , la quale contiene delle considerazioni sulla organizzazione dei molluschi. In questo suo rapporto, egli lascia scorgere una viva predilezione per le induzioni a priori, e proclama l'unità di composizione organica siccome la chiave di ogni studio della storia naturale.

Seduta del 22 febbraio.

Il signor Cuvier si oppone a questo principio, che considera come secondario, e ne stabilisce un altro più generale e più fecondo a parer suo. Nella medesima seduta, Geoffroy Saint Hilaire improvvisa una replica nella quale fa apertamente la sua professione di fede.

Seduta del 1 marzo.

Geoffroy Saint Hilaire legge una memoria nel medesimo senso, e presenta la teoria degli analoghi siccome quella che è di una immensa applicazione.

Seduta del 22 marzo.

Il signor Geoffroy applica la sua teoria degli analoghi al conoscimento della organizzazione dei pesci. Nella medesima seduta il Cuvier cerca di confutare gli argomenti del suo avversario, prendendo per esempio l'osso ioide da lui menzionato.

Seduta del 29 marzo.

Geoffroy Saint Hilaire giustifica le sue vedute sull'osso ioide, e presenta alcune considerazioni finali. Il giornale il Temps dà nel suo numero del 5 marzo un resoconto favorevole a Geoffroy col titolo di Riassunto delle dottrine relative alla rassomiglianza filosofica degli esseri. Il National, nel suo numero del 22 marzo, parla nel medesimo senso.

Geoffroy Saint Hilaire si decide a trasportare la discussione fuori della cerchia accademica; egli fa stampare il sunto della discussione, preceduta da una introduzione sulla teoria degli analoghi; questo scritto porta la data del 15 aprile.

L'autore vi espone chiaramente i suoi convincimenti, e adempie così il voto che noi facevamo di vedere queste idee farsi il più possibile popolari. In una appendice egli sostiene con ragione che le discussioni orali sono troppo fugaci perchè possano far trionfare il buon diritto, o smascherare l'errore, e che la stampa sola può far fruttificare i grandi pensieri.

Egli esprime altamente la sua stima e la sua simpatia pei lavori dei naturalisti stranieri in generale, e per quelli dei tedeschi e degli scozzesi, in particolare; si dichiara loro alleato, e il mondo dei dotti scorge con gioia tutto ciò che questa unione promette di utili risultamenti.

Sovente nella storia delle scienze come nella storia delle nazioni, si vedono cause accidentali e in apparenza lievissime le quali mettono apertamente gli uni in faccia agli altri dei partiti di cui era ignorata l'esistenza. La stessa cosa avviene del fatto attuale; disgraziatamente esso presenta questa particolarità, che la circostanza al tutto speciale la quale ha dato luogo a questa discussione, minaccia di trascinarla in un dedalo senza fine. Infatto, i punti scientifici di cui si tratta non hanno in se stesso nulla che possa eccitare un interessamento generale, ed è cosa impossibile il renderli accessibili alla massa del pubblico. Sarebbe adunque cosa più giudiziosa il ricondurre la questione ai suoi primi elementi.

Ogni avvenimento importante deve essere considerato e giudicato dal punto di vista etico, vale a dire che l'influenza del carattere individuale e della posizione personale degli attori merita di essere esattamente apprezzata. Perciò noi sentiamo il bisogno di dare una breve notizia biografica dei due uomini di cui ci stiamo occupando.

GeoffroySaintHilaire, nato a Etampes nel 1772, fu nominato professore di zoologia nel 1793, quando il Jardin des Plantes fu eretto in scuola pubblica di insegnamento; poco tempo dopo il Cuvier vi fu pure chiamato. Tutti e due presero a lavorare zelantemente insieme, non sapendo nè l'uno nè l'altro quanto fosse diversa la tendenza dei loro ingegni. Nell'anno 1798 la spedizione arrischiata e misteriosa di Egitto tolse Geoffroy Saint Hilaire dai lavori dello insegnamento; ma egli si confermò ogni giorno meglio nella sua via sintetica, e trovò l'occasione di applicare il suo metodo in quella parte della grande opera sull'Egitto di cui è autore. La grande stima che egli seppe ispirare al governo colle sue cognizioni e col suo carattere, fece sì che gli venisse affidata, nel 1808, la missione di organizzare gli studi nel Portogallo; il suo viaggio arricchí il Museo di Parigi di parecchi oggetti importanti. Sebbene egli fosse unicamente assorto nei suoi lavori, la nazione lo volle avere a rappresentante; ma una arena politica non era il campo che gli convenisse, ed egli non salì mai alla tribuna.

Nell'anno 1818 egli proclamò per la prima volta i principî secondo i quali studiava la natura, formolò la sua opinione nel modo seguente: «L'organizzazione degli animali è sottomessa a un piano generale il quale, modificandosi nelle diverse parti, produce le differenze che si scorgono in essi.»

Passiamo alla storia del suo avversario.

Giorgio Leopoldo Cuvier nacque nel 1779, a Montbelliard, che allora apparteneva al ducato di Wurtemberg. Egli si fece presto familiare la lingua e la letteratura tedesca; il suo gusto spiccato per la storia naturale lo mise in rapporto col dotto Kielmeyer, e questo legame continuò a malgrado delle distanze che li separavano. Io mi ricordo di aver veduto, nel 1797, delle lettere di Cuvier dirette a quel naturalista. C'erano, intercalati nel testo, degli ammirabili disegni rappresentanti organizzazioni di alcuni animali inferiori. Durante la sua dimora in Normandia, egli lavorò intorno alla classe dei vermi di Linneo, e per tal modo si fece conoscere dai naturalisti di Parigi. Per sollecitazione di Geoffroy Saint Hilaire egli venne a dimorare nella capitale, e entrambi si riunirono per pubblicare in comune dei lavori didattici, che avevano per scopo di stabilire una buona classificazione dei mammiferi. Un merito quale era quello di Cuvier non poteva rimanere a lungo ignoto; perciò, nel 1795, egli fu chiamato a far parte della Scuola Centrale di Parigi, e della prima classe dell'Istituto. Nel 1798, egli pubblicò ad uso delle Scuole Centrali, i suoi quadri elementari della storia naturale degli animali. Nominato professore di anatomia comparata, egli comprese in un solo sguardo il complesso di questa scienza e le sue lezioni, chiare ad un tempo e brillanti, destarono un generale entusiasmo. Dopo la morte di Daubenton, Cuvier ne prese il posto al Collegio di Francia, e Napoleone, apprezzando la sua capacità, lo nominò commissario al dipartimento della pubblica istruzione. Con questo titolo egli percorse l'Olanda, una parte della Germania, e tutti i nuovi dipartimenti dell'impero, per esaminare le scuole e le case di insegnamento. Io non conosco il rapporto che egli fece in quella occasione; ma so che non si peritò a proclamare la superiorità delle scuole tedesche comparate a quelle della Francia. Dopo il 1813, egli fu chiamato a pubblici uffici elevati, che tenne sotto i Borboni.

E, oggi ancora, il suo tempo è diviso fra la scienza e la politica. I suoi immensi lavori, che comprendono tutto quanto il regno animale, sono modelli inimitabili di esattezza nella descrizione degli oggetti naturali. Dopo di avere studiato e classificato le tribù innumerevoli delle organizzazioni viventi egli risuscitò nella scienza le razze estinte da secoli. Nei suoi elogi degli accademici, si vede fino a qual punto egli conoscesse gli uomini e la società, con quale sagacia sapesse analizzare il carattere degli attori principali della scena del mondo, e con quanta sicurezza si fosse orientato nelle varie regioni delle cognizioni umane.

Siami perdonata tutta l'imperfettezza di questo abbozzo; non ho avuto la pretesa di insegnare qualche cosa di nuovo a tutti quelli che si danno pensiero della storia naturale; ho voluto solamente rammentare loro ciò che già sanno della vita di questi dotti illustri.

Mi si domanderà forse: quale interesse, quale bisogno ha la Germania di conoscere questa discussione; sarebbe forse perchè si schierasse coll'uno o coll'altro partito? – Prima di tutto, qualsiasi questione scientifica, dovunque sia discussa, ha il diritto di attrarsi la attenzione dei popoli inciviliti, perchè i dotti di tutte le nazioni formano un corpo solo; poi è facile dimostrare che questa questione ci interessa particolarmente, perchè Geoffroy Saint Hilaire si appoggia sullo assentimento di parecchi naturalisti tedeschi. Il Cuvier, allo incontro, sembra aver concepito una opinione poco favorevole dei nostri lavori in questo genere; perchè egli dice nella sua nota del 5 aprile: «Io so che per taluni havvi dietro questa teoria degli analoghi, almeno confusamente, una altra teoria antichissima, confutata da lungo tempo, ma che alcuni tedeschi hanno riprodotto a profitto del sistema panteistico chiamato Filosofia della natura.»

Se si volesse fare un commentario letterale di questo paragrafo affine di chiarirne il senso, e rendere evidente a tutti il candore e la santa buona fede dei filosofi della natura di cui la Germania si vanta, ci vorrebbe probabilmente un volumetto in ottavo. Io cercherò adunque di arrivare alla meta per una via più breve.

La situazione dei signor Geoffroy Saint Hilaire è tanto malagevole, che egli deve far plauso agli sforzi dei dotti tedeschi e tenersi per avventurato della certezza che essi partecipano ai suoi convincimenti e camminano per la medesima strada e che egli può fare assegnamento sulla loro approvazione riflessiva, e all'uopo sul loro giovevole appoggio. Perchè i nostri vicini d'Occidente, in generale, non hanno avuto ragione di pentirsi dello avere imparato a conoscere, in questi ultimi tempi, le idee e le ricerche dei tedeschi.

I naturalisti citati in questa occasione sono Kiélmeyer; Meckel; Oken, Spix, Tiedemann; nello stesso tempo si fa risalire a trenta anni indietro la parte che io ho preso a questi studi; ma posso bene affermare che da cinquanta anni io dò opera ad essi ardentemente. Nessuno, tranne forse io stesso, ha conservato la ricordanza dei miei primi tentativi, per la qual cosa spetta a me il ricordare quei lavori coscienziosi della mia gioventù, tanto più che essi possono spargere una qualche luce sugli argomenti che sono ora in discussione.

Io non giudico, racconto. Con queste parole di Montaigne io sarei tentato di terminare la prima parte delle mie considerazioni sull'opera del signor Geoffroy. Per determinare bene il punto di vista secondo il quale desidererei di essere giudicato io stesso, trovo ottima cosa riferire le parole di uno scrittore francese, le quali esprimono più chiaramente che io non saprei fare, ciò che vorrei dire al lettore.

«Gli uomini d'ingegno hanno sovente un modo particolare di presentare le cose; cominciano col parlar di se stessi; e stentano molto a isolarsi dal loro argomento. Prima di darvi i risultamenti delle loro meditazioni, essi sentono il bisogno di farvi sapere dove e come vi siano stati condotti.» Mi si conceda adunque di porgere qui, senza nessuna pretesa personale, la storia sommaria dello svolgimento successivo della scienza, quale si è venuto operando parallelamente al corso di una lunga esistenza che le è stata in parte consacrata. Assai per tempo gli studi delle scienze naturali produssero sopra di me una impressione indefinita, ma durevole. Il conte di Buffon pubblicò nell'anno 1749, l'anno della mia nascita, il primo volume della sua Storia Naturale; essa produsse un grande effetto in Germania, dove allora si era molto accessibili alle influenze francesi. Ogni anno il Buffon pubblicava un volume, ed io era testimonio dello interessamento che destava in una società eletta; in quanto a me il nome dell'autore, quello de' suoi illustri contemporanei furono le sole cose che rimasero impresse nella mia memoria.

Buffon nacque nel 1707; quest'uomo rimarchevole, pieno di vedute brillanti ed estese, amava la vita e la natura vivente; si interessava a tutto ciò che aveva sotto gli occhi, Amante dei piaceri e della società, egli volle rendere la scienza attraente e piacere ammaestrando. Le sue descrizioni sono dei ritratti. Egli presenta l'essere nel suo complesso, sovratutto nei suoi rapporti coll'uomo, cui ha raccostato gli animali domestici. Facendo suo prò di tutto ciò che è conosciuto, trae partito dai lavori dei naturalisti, e sa vantaggiarsi dei racconti dei viaggiatori. Direttore delle collezioni già considerevoli del Jardin des plantes, piacevole della persona, ricco, innalzato alla dignità di conte, egli sembra regnare come un sovrano sul grande impero delle scienze, di cui il centro è a Parigi. Egli conserva tuttavia in faccia ai suoi lettori una dignità piena di grazia. In questa posizione elevata, egli seppe trarre partito di tutti gli elementi del sapere di cui era circondato. Quando egli scriveva, vol. II, pag. 544: «Le braccia dell'uomo non somigliano affatto ai membri anteriori degli animali, nè alle ali degli uccelli,» egli cede a quella impressione che domina il volgo e gli impedisce di vedere negli oggetti esterni qualche cosa al di là di ciò che è accessibile ai suoi sensi grossolani. Ma la sua mente era andata ben oltre, quando disse, vol. IV, p. 379: «Esiste un tipo primitivo e universale, di cui si possono seguire molto lungi le diverse trasformazioni»; parlando così, egli enunciava la massima fondamentale della storia naturale comparata.

Il lettore mi vorrà perdonare se io faccio passare davanti ai suoi occhi l'immagine di questo grand'uomo con una speditezza tanto irriverente; ma bastava a noi di far vedere che egli non ha disconosciuto le leggi generali, per quanto fosse assorto nei particolari. Percorrendo le sue opere acquisteremo la certezza che egli aveva la coscienza dei grandi problemi di cui si occupa la storia naturale, e che fece degli sforzi, sovente senza dubbio infruttuosi, per risolverli. Non sarà scemata perciò la nostra ammirazione, perchè vedremo quanto quelli che sono venuti dopo di lui si siano affrettati a trionfare prima di aver vinto. Coll'applaudire agli slanci della sua immaginazione che lo trasportava in quelle alte regioni, il mondo gli fece dimenticare che quella facoltà brillante non è l'elemento che costituisce la scienza, che Buffon trasportava inconsapevolmente nel campo della rettorica e della dialettica.

Per dileguare ogni oscurità intorno a un argomento tanto importante, ripeterò che Buffon, dopo di esser stato nominato direttore del Jardin du Roi, pose ogni cura per fare, che le collezioni affidate alle sue cure costituissero la base di una storia naturale compiuta. Egli comprendeva tutti gli esseri nel suo vasto disegno, ma li studiava vivi e nei loro rapporti primieramente coll'uomo e poi fra loro. Egli ebbe bisogno di un aiuto per accudire i particolari, e scelse il Daubenton suo compatriotta. Questi prese a trattare l'argomento da un altro lato; egli era anatomico esatto e sagacissimo. La scienza gli devo molto; ma egli poneva cosiffattamente ogni suo studio intorno ai particolari, che non seppe riconoscere le analogie anche le più evidenti. L'antagonismo di questi due metodi produsse un compiuto dissenso, e dall'anno 1768 in poi, il Daubenton non partecipò più in nessun modo alla storia naturale di Buffon; egli proseguì tuttavia a lavorare da solo.

Morto il Buffon, molto avanti negli anni, il Daubenton, vecchio esso pure fu chiamato a succedergli, ed egli scelse a suo collaboratore il GeoffroySaintHilaire, allora giovanissimo. Presto questi scrisse al Cuvier per invitarlo a farsi suo collega. Cosa rimarchevole! La medesima antipatia che aveva precedentemente allontanati l'uno dall'altro il Buffon e il Daubenton, rinasce ora più viva che mai fra questi due uomini eminenti. Cuvier, ordinatore sistematico, si attiene ai fatti particolari, perchè una veduta più estesa lo avrebbe inevitabilmente costretto a erigere un tipo. Geoffroy, fedele al suo metodo, si sforza di comprendere il complesso, ma non si limita come Buffon alla natura attuale, esistente, compiuta; la studia nel suo germe, nel suo sviluppo, nel suo avvenire. L'antica querela pertanto non era spenta, anzi ogni giorno acquistava novelle forze, ma una socievolezza più perfezionata, certe convenienze, dei riguardi reciproci allontanavano d'anno in anno il momento di una rottura, quando una circostanza, in apparenza poco importante, pose in contatto, come nella boccia di Leida, le elettricità di nome contrario, e produsse in tal modo una violenta esplosione.

La paura delle ripetizioni non ci potrebbe trattenere dal prolungare le nostre riflessioni intorno a questi quattro uomini, di cui sempre ritornano i nomi nella storia delle scienze naturali. Essi sono, per comune accordo, i fondatori e i sostegni della storia naturale francese quello splendido fuoco che sparse tanta luce. L'istituto da essi diretto si accrebbe mercè le loro cure; essi ne hanno sfruttato i tesori, e rappresentano degnamente la scienza che hanno fatto progredire, gli uni colla analisi, gli altri colla sintesi. Il Buffon prende il mondo esterno tal quale si trova, come un complesso infinitamente diversificato di cui le diverse parti hanno una reciproca convenienza e influenza le une rispetto alle altre. Il Daubenton nella sua qualità di anatomico, separa e isola costantemente ma scansa di comparare i fatti isolati che ha scoperto; anzi dispone ogni cosa l'una accosto all'altra per misurarla e descriverla in se stessa. Il Cuvier lavora nell'istessa maniera, con maggiore intelligenza e minore minuziosità, egli sa mettere al loro posto, combinare e classificare le innumerevoli individualità che ha osservato; ma quando si tratti di un metodo più largo, egli ha contro di esso una certa apprensione secreta, la quale tuttavia non l'ha impedito qualche volta di farne uso a sua stessa insaputa. Il Geoffroy per certi rispetti ricorda il Buffon. Questi riconosce la grande sintesi del mondo empirico, ma sa sfruttare, far conoscere tutte le differenze che distinguono gli esseri. Quegli si raccosta alla grande unità, la quale astrazione il Buffon aveva solo veduto confusamente; lungi dallo indietreggiare in faccia ad essa, egli se ne impadronisce, la domina e ne sa far sgorgare quelle conseguenze che essa nasconde dentro di se stessa. Forse la storia delle scienze non presenterà mai più per una seconda volta questo spettacolo d'uomini tanto rimarchevoli, che dimorano nella medesima città, insegnano nella medesima scuola e lavorano ai progressi della medesima scienza, i quali, invece di riunire i loro sforzi per arrivare a una stessa meta mercè la concentrazione delle loro forze, insorgono gli uni contro gli altri, vengono a discussioni astiose, e tutto ciò perchè, sebbene siano d'accordo intorno alla sostanza dello argomento, differiscono nel modo di considerarlo. Un fatto tanto rimarchevole riescirà profittevole alla scienza e a tutti quelli che la coltivano. È d'uopo che, ognuno di noi sia ben persuaso di ciò, che il separare e il riunire sono due atti necessari della intelligenza; ossia piuttosto noi siamo costretti, volere o non volere, a procedere dal particolare al generale e dal generale al particolare. Quanto più queste funzioni intellettuali, che io comparo alla inspirazione e alla espirazione, si compiranno energicamente, tanto più sarà in fiore la vita scientifica del mondo. Noi ritorneremo sopra questo argomento, ma solo dopo di aver parlato di quegli uomini i quali, nella ultima metà del precedente secolo, hanno camminato in quella medesima strada nella quale noi pure siamo entrati.

Pietro Camper era fornito di una rimarchevolissima attitudine alla osservazione e alla combinazione; sapeva riflettere su ciò che aveva veduto, far rivivere le sue scoperte in se stesso, animarle e vivificare in tal modo le sue meditazioni. Tutto il mondo ha reso giustizia ai suoi meriti immensi. Io ricorderò solamente il suo concetto dell'angolo facciale che permette di misurare la sporgenza della fronte, involglio dell'organo intellettuale, e di apprezzare per tal modo il suo predominio sull'organismo destinato alle funzioni puramente animali.

Geoffroy gli dà questo magnifico attestato in una nota della sua filosofia zoologica, p. 149 «Era, dice egli, una mente vasta, tanto ricca di coltura quanto riflessiva; aveva intorno alle analogie dei sistemi organici un sentimento tanto vivo e tanto profondo, che ricercava con predilezione i casi straordinari. Egli non ci vedeva che un argomento di problemi, una occasione di esercitare la sua sagacia adoperata in tal modo a ricondurre alla regola le pretese anomalie.» Quante cose si potrebbero aggiungere, se non si volesse rimanere entro la cerchia di indicazioni sommarie?

Qui giova osservare che i naturalisti i quali hanno proceduto in questa via sono i primi che abbiano compreso la potenza della legge e della regola. Quando non si studia che lo stato normale degli esseri, si acquista la persuasione che essi devono essere così, e che in ogni tempo sono stati e sempre saranno stazionarii. Ma se noi scorgiamo delle deviazioni, delle anomalie, delle mostruosità, allora non tardiamo a riconoscere che la legge è fissa e invariabile, ma che è pure viva; che gli esseri si possono trasformare fino alla deformità entro i confini che essa ha segnato, pur riconoscendo sempre il potere invincibile della legge che li ritiene con mano ferma e sicura.

Samuele Tommaso Soemmering ha dovuto la sua esistenza scientifica a Camper. Era un uomo operoso, infaticabile, che osservava e rifletteva sempre. Nel suo bel lavoro intorno al cervello, egli stabilisce perfettamente la differenza che vi è fra l'uomo e gli animali, quando la fa consistere in ciò che, negli animali la massa del cervello non è superiore a quella dei nervi, mentre si osserva il contrario nell'uomo. Quanta sensazione non ha destato in quel tempo, in cui era facile l'entusiasmo la scoperta della macchia gialla della retina, e quanto non ha contribuito Soemmering a far progredire l'anatomia dell'occhio, dell'orecchio, col suo acume e colla perfettezza dei suoi disegni! La sua conversazione e le sue lettere erano in pari modo istruttive e interessanti. Un fatto nuovo, un punto di vista inosservato, un pensiero profondo destavano in lui un interessamento che egli sapeva comunicare agli altri. Tutto si compiva rapidamente nelle sue mani, e il suo ardore al tutto giovanile non prevedeva guari gli ostacoli che un giorno sarebbero stati per trattenerlo.

Enrico Giovanni Merk, pagatore nell'esercito di AssiaDarmstadt, merita per ogni riguardo di essere qui menzionato; era un uomo di una instancabile operosità e che avrebbe fatto cose rimarchevoli se la varietà dei suoi gusti non l'avesse costretto a sparpagliare la sua attenzione. Egli si diede pure con ardore allo studio della anatomia comparata, e la sua matita riproduceva presto e bene tutto ciò che gli veniva sott'occhio. Dedito principalmente alla ricerca delle ossa fossili che incominciavano a fermare l'attenzione dei dotti, e che si trovano con tanta abbondanza e con tanta varietà sulle rive del Reno, egli aveva con molto buon volere raccolto un gran numero di belli esemplari. Dopo la sua morte la sua collezione fu acquistata pel museo del granduca di AssiaDarmstadt. L'abile conservatore che dirige ora questo museo, il signor Schleiermacher, si applica costantemente a classificare questi oggetti e ad aumentarne il numero.

Le mie frequenti ed intime relazioni con questi due uomini furono dapprima personali, poi proseguite per corrispondenza. Essi tennero vivo il mio gusto per questo genere di studi; ma prima di darmi ad essi io sentii, guidato da un innato bisogno, la necessità di avere un filo conduttore, o se meglio si vuole, un punto di partenza determinato, un principio fermo, una cerchia da cui non bisognasse uscire.

Quelle differenze che esistono oggi nel modo di procedere dei zoologi erano allora ben più sensibili e ben più numerose, perchè ognuno, partendo da un punto di vista differente, si sforzava di sfruttare tutti i fatti per arrivare alla meta che aveva in vista.

Si studiava l'anatomia comparata, intesa nel suo più vasto significato, per farne la base di una morfologia, ma si badava alle differenze tanto quanto alle analogie. Io non tardai a riconoscere, che per difetto di metodo non si era fatto un solo passo avanti. In vero si comparava a caso un animale con un altro, degli animali fra loro, degli animali coll'uomo; quindi infiniti divagamenti, una confusione spaventosa; perchè qualche volta questi ravvicinamenti andavano abbastanza bene, altre volte, allo incontro, erano assurdi e impossibili. Allora riposi i libri in disparte per rivolgermi alla natura. Scelsi uno scheletro di quadrupede, essendo la stazione orizzontale meglio caratteristica, e mi misi ad esaminarlo pezzo per pezzo procedendo dallo avanti allo indietro.

L'osso intermascellare fu quello che mi colpì il primo; e gli tenni dietro in tutta la serie animale; ma questo studio svegliò in me altre idee. La affinità della scimmia coll'uomo dava luogo a riflessioni umilianti, e il dotto Camper credeva di aver segnalato una differenza importante dicendo che la scimmia aveva un osso intermascellare superiore il quale mancava nell'uomo. Io non saprei dire quanto mi riuscisse cosa penosa il trovarmi in opposizione con un uomo al quale andavo debitore di tanto, al quale mi sforzavo di raccostarmi per proclamarmi suo allievo e imparare tutto da lui. Chi volesse cercare di farsi un'idea di quel mio lavoro lo troverà nel vol. XV degli Atti di Bonn. In quell'ultimo periodico si troverà la memoria, accompagnata da tavole che rappresentano le diverse modificazioni che sopporta questo osso nei vari animali; per lungo tempo i disegni secondo i quali furono eseguite rimasero nascosti nelle mie cartelle, e vi sarebbero ancora senza la benevolenza colla quale fu accolto quel piccolo lavoro.

Ma prima di aprire questo volume, il lettore mi permetterà che io gli esponga una riflessione, una confessione, la quale, sebbene sia senza conseguenza, potrà tuttavia essere giovevole ai nostri nepoti: ed è che, non soltanto nella gioventù, ma anche nell'età matura, l'uomo che ha concepito una idea feconda e razionale, prova il bisogno di farla conoscere, e di vedere gli altri partecipare ai suoi concetti.

Io non mi accorsi allora che io mancava al tutto di tutto quando ebbi l'ingenuità di mandare la mia memoria tradotta in latino e accompagnata da disegni in parte finiti, in parte abbozzati a Pietro Camper medesimo. Egli mi fece una lunga risposta piena di benevolenza e di elogi sul mio zelo anatomico. Senza precisamente criticare i disegni, egli mi dava alcuni consigli sul modo di renderli più fedeli. Sorpreso dalla esecuzione di quell'opuscoletto, mi domandò se io volessi farlo stampare, mi fece conoscere le difficoltà che avrei incontrato per la incisione dei disegni, e m'insegnò nello stesso tempo il modo col quale le avrei potuto superare. In breve, egli prese alla cosa l'interessamento di un protettore e di un padre.

Egli non aveva per nulla sospettato il mio intendimento di contrastare alla sua opinione, e non vedeva nel mio lavoro che un programma senza conseguenze. Io risposi modestamente, e ricevetti ancora parecchie lettere particolareggiate e sempre benevole, contenenti fitti materiali; ma nissuna di quelle lettere si riferiva allo scopo che io mi proponeva. Lasciai cadere quella relazione, ed ebbi torto; perchè avrei potuto attingere nei tesori della sua esperienza, e avrei dovuto ricordarmi che un maestro non si lascia convincere di un errore, appunto perchè è stato sollevato a quella dignità di maestro che legittima i suoi errori. Disgraziatamente io ho perduto quella corrispondenza, la quale avrebbe fatto vedere la salda istruzione di quell'uomo e la mia credula deferenza giovanile pei suoi consigli.

Poco dopo dovetti sopportare un nuovo disappunto. Un dotto segnalato, Giovanni Federico Blumenbach, che aveva coltivato con tanta riuscita lo studio della natura e da poco tempo aveva rivolto le sue meditazioni alla anatomia comparata, nel suo Compendium si schierò dalla parte del Camper e negò che l'uomo avesse un osso intermascellare. Quando io vidi le mie osservazioni, le mie vedute, respinte in un libro apprezzato, da un professore che godeva di una considerazione universale, la mia perplessità fu estrema. Ma un uomo fornito di una mente elevata, sempre nello studio, sempre nella meditazione, non poteva fermarsi in tal modo intorno a idee preconcette, e io gli devo su ciò, come su molte altre cose, i consigli più affettuosi e i più utili schiarimenti; egli mi fece sapere, che sul capo dei bambini che hanno l'idrocefalo, l'osso intermascellare è separato dal mascellare superiore, e che nel labbro leporino doppio si trova pure patologicamente isolato. Ora posso riparlare di questi lavori, che furono così male accolti al loro apparire, che furono per un così lungo tratto di tempo dimenticati, e posso pregare il lettore di prestar loro qualche attenzione .

. . . .

. . . .

In proposito dei lavori del signor Geoffroy io studiai secondo il medesimo concetto un altro organo, sul quale chiamerò l'attenzione del lettore. La natura deve essere rispettata anche nelle sue deviazioni, che l'osservatore intelligente sa sempre riconoscere e sfruttare. Essa si mostra ora in un sembiante, ora in un altro; essa indica almeno ciò che nasconde, e noi non dobbiamo trascurare nissuno dei mezzi che essa ci offre affinchè la possiamo contemplare meglio esternamente e possiamo meglio addentrarci nella sua intima struttura. Senza altro adunque noi imprenderemo a considerare la funzione per trarne tutto il possibile partito.

La funzione rettamente intesa non è altro che una entità in azione. Compariamo adunque, come appunto lo stesso Geoffroy c'invita a fare, il braccio dell'uomo ai membri anteriori degli animali.

Senza voler prendere sembianza di dotti, dobbiamo risalire ad Aristotile, a Ippocrate, e sovratutto a Galeno che ci conservò le tradizioni dei suoi predecessori. La brillante immaginazione dei greci aveva dato alla natura una piacevolissima intelligenza. Aveva disposto tutto così graziosamente che il complesso doveva essere perfetto; essa armava di artigli e di corni gli animali forti, e dava ai deboli la agilità delle membra e la rapidità della corsa. L'uomo sovratutto era stato ottimamente trattato, la sua mano sapeva maneggiare maestrevolmente la lancia e la spada; senza parlare della curiosa ragione che davano per spiegare quale sia lo scopo pel quale il dito mediano è più lungo degli altri.

Nel proseguimento delle nostre considerazioni prenderemo per base la grande opera di Dalton, dalla quale attingeremo i nostri esempi.

La struttura dell'antibraccio umano, la sua articolazione col corpo, le meraviglie che ne risultano, sono generalmente conosciute; tutti gli atti della intelligenza vi si riferiscono più o meno. Guardate in seguito gli animali carnivori; i loro artigli non valgono ad altro e non fanno altro che ghermire una preda, e, tranne una certa tendenza a trastullarsi, tutti questi animali sono subordinati al loro osso intermascellare, sono schiavi dei loro organi masticatori. Nel cavallo, le cinque dita sono avvolte in una sostanza cornea, e noi le vediamo cogli occhi della mente, anche quando la mostruosità non ci venisse a dimostrare che lo zoccolo è divisibile in cinque dita. Questo nobile animale non ha bisogno di fare grandi sforzi per impadronirsi del suo cibo Una prateria fresca e ariosa è il teatro nel quale si abbandona a tutto il capriccio delle sue corse vagabonde, e l'uomo sa sfruttare queste disposizioni per soddisfare i suoi bisogni o farlo contribuire ai suoi piaceri.

L'antibraccio, attentamente esaminato nei diversi ordini dei mammiferi, è tanto più perfetto quanto più agevolmente si compiono in esso la supinazione e la pronazione. Molti animali hanno questa facoltà in un grado più o meno elevato; ma siccome adoprano l'antibraccio nella stazione e nella progressione, questo rimane in pronazione, e il radio si trova all'interno, dalla parte del pollice al quale è intimamente unito. Quest'osso, che racchiude il centro di gravità del membro, si ingrossa sotto l'azione di certe circostanze, e finisce per rimanere solo al posto che occupa.

Lo scoiattolo, e i rosicanti che gli sono affini, hanno certamente un antibraccio mobilissimo e una mano abilissima; il loro corpo slanciato, la loro stazione verticale e la loro progressione per salti non appesantiscono i loro membri anteriori. Havvi forse qualche cosa di più grazioso di uno scoiattolo che pilucca un cono di pino? L'asse legnoso che è nel centro vien nettamente spogliato, e converrebbe verificare se questi animali staccano le brattee seguendo la linea spirale della loro inserzione. Qui giova far menzione dei loro denti incisivi sporgenti che sono inseriti sopra l'osso intermascellare. Per un accordo misterioso, una mano più perfetta determina lo sviluppo di un sistema dentale anteriore, meglio compiuto. Questo non serve più, come negli altri animali, alla presa degli alimenti; una mano abile sa portare questi verso la bocca, e i denti non hanno più da far altro che rosicare, la qual cosa, per così dire, li converte in istrumenti meccanici. Qui non possiamo resistere alla tentazione di ripetere, o piuttosto di modificare sviluppandolo questo assioma dei naturalisti greci: gli animali sono tiranneggiati dalle loro membra. In verità essi se ne servono bene per lo scopo unico di prolungare la loro esistenza, e di riprodurre degli esseri somiglianti a loro, ma il motore necessario allo accrescimento di questi due grandi atti continua sempre a funzionare anche senza necessità; ecco perchè i rosicanti, quando sono satolli incominciano a distruggere: e questa tendenza si manifesta finalmente nel castoro, colla creazione di qualche cosa di analogo alle costruzioni ragionate dell'uomo. Noi ci fermiamo per paura di spingerci troppo oltre. Per riassumerci in poche parole; quanto più l'animale si sente destinato alla stazione e alla progressione, tanto più il radio aumenta di volume appropriandosi una parte della massa del cubito di cui il corpo finisce per scomparire affatto; l'olecrano rimane solo per via della parte considerevole che prende alla articolazione del gomito. Si guardino le tavole di Dalton; si riconoscerà che in questa o quella parte, l'organo in cui l'esistenza si manifesta colla forma, si traduce fedelmente colla funzione.

Esaminiamo ora il caso in cui troveremo una traccia sufficiente dell'organo, sebbene la funzione sia scomparsa; questa considerazione ci permetterà di entrare da un'altra porta nei segreti della natura. Contemplate le tavole di Dalton che rappresentano gli uccelli della tribù dei brevi pcenni, e vedrete in qual modo, a partire dallo struzzo per arrivare al casoar della Nuova Olanda, l'antibraccio si accorcia, si riduce e si semplifica a poco a poco; quest'organo essenziale e caratteristico dell'uomo e dell'uccello abortisce a tal punto che si potrebbe prendere per una deformità accidentale, se non vi si riconoscessero le differenti parti che costituiscono il membro anteriore. Questa analogia non potrebbe essere disconosciuta nè nella loro estensione, nè nella loro forma, nè nei loro modi di articolazione. E bensì vero che le parti terminali diminuiscono di numero; ma le posteriori conservano i loro rapporti. Il Geoffroy ha compreso perfettamente e ha giustamente proclamato questo grande principio di osteologia comparata, cioè: che si è nei limiti delle sue vicinanze che più sicuramente si ritroveranno le traccie di un osso il quale sembri sfuggire ai nostri occhi. Egli si è compenetrato di un'altra grande verità, che noi dobbiamo enunciare qui; e questa si è che la previdente natura si è fissato un bilancio, uno stato di spese ben definito. Essa opera arbitrariamente nei capitoli particolari, ma la somma generale rimane sempre la stessa; per modo che, se spende troppo da una parte, fa economia dall'altra.

Questi due principî, che erano già stati riconosciuti giusti dai dotti tedeschi, nelle mani del signor Geoffroy divennero guide sicure che non lo smarrirono mai nel corso intero della sua carriera scientifica. Con questi principî non sarà più necessario ricorrere al povero spediente delle cause finali.

Bastano pure gli esempi precedenti a dimostrare che non dobbiamo trascurare nissuna delle manifestazioni dell'organismo se vogliamo penetrare, collo esame delle apparenze esterne, nella intima natura delle cose.

Da ciò che precede si è potuto vedere che Geoffroy considerò le cose da un punto di vista elevatissimo; disgraziatamente, in molti casi la sua lingua non gli fornisce la espressione propria; e, siccome il suo avversario si trova nel medesimo caso, ne risulta oscurità e confusione. Cercheremo di far apprezzare la importanza di questo fatto, e ci varremo della occasione per dimostrare che un vocabolo improprio può, nella bocca degli uomini, anche i più segnalati, ingenerare i più gravi errori. Si crede di parlare in prosa e si adopera un linguaggio figurato. Ciascuno modifica a suo modo il senso di questi tropi, ne allarga il significato; la disputa si fa eterna e diventa insolubile il problema.

Matériaux. Questo vocabolo è adoperato per indicare le parti di un essere organizzato, di cui la riunione forma un tutto, o una parte subordinata al tutto. Così l'osso incisivo, i mascellari superiori e i palatini, sono i materiali di cui si compone la volta palatina; l'omero, i due ossi dell'antibraccio e quelli della mano, sono i materiali che costituiscono l'arto superiore dell'uomo, e la zampa anteriore degli animali.

Nel significato più generale, si chiamano materiali, certi corpi che non hanno nissun rapporto fra loro, che sono indipendenti l'uno dall'altro, e si trovano riuniti per circostanze fortuite. Delle travi, delle tavole, delle liste, sono i materiali con cui si possono costruire edifizi di varia natura, e particolarmente un tetto. Secondo le circostanze, vi si aggiungeranno delle tegole, del rame, del piombo, dello zinco, che non hanno nulla di comune con essi, tranne ciò che sono necessarie per coprire il tetto.

Perciò siamo costretti a dare al vocabolo francese materiali (materiaux) un significato molto più complesso di quello che ha realmente; ma noi facciamo ciò con ripugnanza, perchè prevediamo dove tutto ciò ci può condurre.

Composition è ancora un vocabolo vizioso preso dalla meccanica, come il precedente. I francesi lo hanno fatto adottare dai tedeschi, quando incominciarono a scrivere intorno alle arti; si dice comporre (componieren) dei quadri; un musicista si chiama un compositore, e tuttavia, se essi sono veramente artisti, non comporranno i loro lavori, ma svilupperanno l'immagine o il sentimento che hanno concepito, secondo le ispirazioni della natura e dell'arte. Questo vocabolo abbassa la dignità dell'uno e dell'altro. Gli organi non si combinano; non si radunano, come oggetti finiti e compiuti separatamente; essi si sviluppano l'uno dall'altro, modificandosi, per formare una entità, la quale tende necessariamente a costituire un tutto. In proposito di una tale creazione si può parlare di funzione, di forma, di colore; di dimensione, di massa, di peso e di altre proprietà; questo è permesso allo osservatore che cerca la verità: ma tutto ciò che è vivente si sviluppa, si propaga, poi vacilla, e arriva finalmente all'ultimo termine, la morte.

Embranchement è parimente un vocabolo preso dalle arti meccaniche; si dice delle travi che sono aggiustate insieme. Si adopera in un significato più positivo per indicare la divisione di una via in parecchie altre.

Noi crediamo di riconoscere qui nel complesso e nei particolari l'influenza di quell'epoca in cui la nazione era dedita al sensualismo, e avvezza a valersi di espressioni materiali e meccaniche. Questi vocaboli, che erano sufficienti ai bisogni del linguaggio usuale, in cui si sono perpetuati, non saprebbero esprimere le idee elevate concepite da uomini di genio, nè corrispondere alle esigenze di una discussione metafisica.

Ancora un esempio: il vocabolo plan serve a significare che i materiali si depongono secondo un ordine previamente combinato; ma questo vocabolo ricorda subito l'idea di una casa, di una città di cui la disposizione, per quanto sia ammirabile, non si potrebbe comparare, in nessun modo, a quella di un essere organizzato. Tuttavia i Francesi traggono i loro termini di comparazione dagli edifizii e dalle vie di una città; la espressione unité de plan dà luogo a dei malintesi e a delle discussioni le quali non fanno altro che intorbidare la questione principale.

Unité de type è una espressione che si accosta un po' meglio al vero, e poichè il vocabolo tipo è sovente adoperato lungo il discorso, converrebbe pure metterlo in capo all'articolo e contribuirebbe allo scioglimento della quistione.

Ricordiamoci che già, fin dal 1753, il conte di Buffon, aveva pubblicato che egli riconosceva un disegno primitivo e generale – cui si può tener dietro per un lunghissimo tratto – secondo il quale tutto sembra essere stato concepito. Che cosa domandiamo noi di più? Ritorniamo adunque alla discussione che ha dato occasione a questo scritto, e teniamole dietro nelle sue conseguenze conformandoci all'ordine cronologico.

Quando la memoria del signor Geoffroy apparve nell'aprile del 1830, i giornali s'impadronirono della questione e si divisero in due partiti. Nel mese di giugno, i redattori della Revue encyclopedique si pronunciarono in favore del signor Geoffroy; essi dichiararono che la quistione vertente era una quistione europea, e di una tale importanza che oltrepassa la cerchia delle scienze naturali. Infine inserirono nel loro periodico un articolo particolareggiato di questo uomo illustre, il quale articolo merita di essere conosciuto perchè il pensiero dell'autore vi si trova formulato in modo conciso e stringente.

Un solo fatto proverà quanto fosse grande la passione in questa lotta; ed è che il giorno dicianove luglio, quando già il fermento politico era violento, si proseguiva nello occuparsi di una questione di teoria scientifica, tanto estranea agli interessi del momento.

Questa controversia ci fa pur vedere quale sia lo spirito della accademia delle scienze di Francia; perchè se il lievito di discordia che essa albergava nel suo seno è rimasto nascosto per un tempo tanto lungo, conviene attribuire ciò alla causa seguente: le sedute dapprima erano segrete, vi assistevano i soli membri dell'accademia e discutevano i loro sperimenti e le loro opinioni; a poco a poco si apersero le porte ad alcuni amici della scienza, venne diventando difficile il ricusare l'ingresso a quelli che tennero dietro ai primi, e ben presto l'accademia si trovò in presenza di un pubblico numeroso.

Se si esamina attentamente l'andamento delle cose si vedrà che tutte le discussioni pubbliche, sia religiose, sia politiche, sia scientifiche, finiscono sempre per volgersi alla sostanza delle cose.

Gli accademici francesi avevano scansato per lungo tempo, siccome è l'uso nella buona società, le controversie intense e conseguentemente violenti; non si discutevano le memorie presentate, esse erano rimandate allo esame di una commissione che faceva un rapporto, e concludeva di tratto in tratto per la inserzione delle Memorie dei dotti stranieri all'Accademia. Questi sono i ragguagli che ci sono pervenuti; ma sembra che gli usi dell'Accademia siano per subire alcune modificazioni prodotte da queste discussioni, ed è sorto un conflitto fra i due segretari perpetui Arago e Cuvier. Era l'uso che ad ogni seduta si leggesse soltanto un processo verbale molto succinto della seduta precedente.

Il signor Arago credette di poter derogare a quest'uso, ed esporre particolareggiatamente tutto il contenuto della protesta di Cuvier. Questi protesta nuovamente, si lagna della perdita di tempo che trarrebbe seco una tale usanza, della inesattezza del sunto del signor Arago, Geoffroy Saint Hilaire replica; si citano le abitudini di alcune altre accademie; insorgono nuove obbiezioni, e si delibera finalmente di lasciar maturare la questione col tempo e colla riflessione.

In una seduta dell'11 ottobre, Geoffroy legge una memoria sulle forme particolari dell'occipitale nel coccodrillo e nel Teleosaurus; egli rimprovera a Cuvier una importante dimenticanza nell'enumerazione delle parti. Questi risponde ben mal suo grado da quanto assicura, ma solamente per non lasciar credere, col suo silenzio, che egli riconosca la giustezza di quelle osservazioni. Questo è un notevole esempio che dimostra come sia d'uopo scansare di trattar questioni generali in proposito di fatti particolari

Una delle sedute seguenti offerse un incidente, che il signor Geoffroy riferisce così nella Gazette Medicale del 23 ottobre 1830:

«La Gazette Medicale e gli altri pubblici periodici avendo sparso la notizia della ripresa dell'antica controversia mia col signor Cuvier, si accorse alla seduta dell'accademia delle scienze, per sentire il signor Cuvier negli svolgimenti che aveva promesso di dare intorno all'osso petroso dei coccodrilli. La sala era piena di curiosi; per conseguenza non si trattava di discepoli zelanti, animati dalle tendenze di quelli che frequentavano i giardini di Accademo, e vi si distinguevano le manifestazioni di una platea ateniese, in preda a ben altri sentimenti. Questa osservazione, comunicata dal signor Cuvier, lo indusse a rimandare a un'altra seduta la lettura della sua memoria. Munito di pezzi all'uopo, io ero pronto a rispondere. Tuttavia mi rallegrai di quella soluzione. Io preferisco, a un assalto accademico, il deporre qui il sunto seguente, il quale sunto aveva già redatto prima e che avrei, dopo l'improvvisazione divenuta necessaria, rimesso all'ufficio a titolo di ne varietur.»

È trascorso un anno da quegli avvenimenti, e si è potuto acquistare la persuasione che noi siamo stati attenti a tener dietro alle conseguenze di questa rivoluzione scientifica, quanto ad osservare quella del rivolgimento politico concomitante. Affrettiamoci a dichiarare che le ricerche scientifiche si fanno oggi presso i nostri vicini con un intendimento più indipendente e più largo che non altra volta.

I nomi di parecchi dotti tedeschi sono stati citati sovente in quelle discussioni: i nomi appunto di Bojanus Carus, Kielmeyer, Meckel, Oken, Spix, e Tiedemann. La stima che ispira ai francesi il merito eminente di questi uomini, farà sì che essi siano per adottare a poco a poco il metodo sintetico, che è uno dei caratteri essenziali del genio tedesco, e noi ci rallegriamo fin d'ora di vedere i nostri vicini procedere perseverantemente in quella via che percorriamo noi stessi.

(Queste sono le ultime pagine scritte dal Goethe. Le scriveva qualche giorno prima della sua morte, la quale avvenne addì 22 marzo 1832, essendo egli in età di ottantrè anni.)

DELL'ESPERIENZA

CONSIDERATA COME MEDIATRICE

Tra l'Oggetto e il Soggetto

(1793)

Quando l'uomo scorge gli oggetti che gli stanno d'intorno, dapprima li considera nei rapporti che essi hanno con lui stesso, ed è ben ragione che egli operi così; imperocchè tutto il suo destino dipende dal piacere o dalla pena che producono in lui, dalla attrattiva o dalla ripugnanza che essi esercitano sopra di esso, dalla loro utilità o dai loro pericoli a suo riguardo. Questo modo, che è tanto naturale, di considerare ed apprezzare le cose si mostra in pari modo facile e necessario, e tuttavia espone l'uomo a mille errori che lo umiliano e gli riempiono la vita di amarezze.

Quell'uomo il quale, mosso da un poderoso istinto, vuol conoscere gli oggetti in loro stessi e nei loro reciproci rapporti, imprende un còmpito ancora più malagevole; perchè il termine di comparazione che egli aveva considerando gli oggetti per rapporto a se stesso, in breve gli verrà a mancare. Egli non ha più la pietra del paragone del piacere o della pena, della attrattiva o della ripugnanza, del vantaggio o del danno: questi criteri gli vengono oggimai a mancare interamente. Impassibile, sollevato per così dire al disopra della umanità deve sforzarsi di conoscere ciò che è, e non ciò che gli conviene. Il vero botanico non sarà colpito nè dalla bellezza, nè dalla utilità delle piante; egli esaminerà la loro struttura e i loro rapporti col rimanente del regno vegetale. Somigliante al sole che le illumina e le fa germogliare, egli deve contemplarle tutte con occhio imparziale, comprenderle nel loro complesso, e prendere i termini della sua comparazione e i dati del suo giudizio, non in se stesso, ma nella cerchia delle cose che viene osservando.

Quando noi stiamo considerando un oggetto in se stesso, o in rapporto cogli altri, ed esso non ci ispira nè desiderio nè antipatia, allora, con una attenzione ferma e tranquilla, noi ci possiamo fare un concetto abbastanza chiaro dell'oggetto medesimo, delle sue parti e de' suoi rapporti. Quanto più noi allargheremo il campo di queste considerazioni, tanto sarà maggiore il numero degli oggetti che verremo a collegare fra loro, e tanto più in pari tempo si farà grande in noi, mercè l'esercizio, la potenza osservatrice di cui siamo forniti. Se noi sapremo far volgere a nostro profitto le nostre cognizioni nelle nostre azioni, meriteremo di essere considerati come abili e prudenti. La prudenza è cosa facile per l'uomo ben costituito, riflessivo naturalmente, o fatto tale dalle circostanze; imperocchè, nella vita, ogni passo è una lezione. Ma si tratta di applicare questa sagacia allo esame dei fenomeni misteriosi della natura; bisogna che l'uomo badi a ognuno dei passi che move in un mondo dove si trova per così dire abbandonato a se stesso; bisogna che si difenda da ogni precipitazione, che tenga sempre d'occhio la meta alla quale tende, senza tuttavia lasciar passare inavvertita qualsiasi circostanza favorevole o avversa; bisogna che tenga d'occhio continuamente se stesso, appunto perchè non ha nessuno che riveda le sue azioni; bisogna che stia continuamente in guardia contro i suoi propri risultamenti: queste sono le condizioni che si devono trovar raccolte in un osservatore cui nulla manchi, e ognun vede quanto sia malagevole radunarle in sè, o esigerle dagli altri. Tuttavia, queste difficoltà, o per parlare più esattamente, questa supposta impossibilità, non ci deve impedire di fare tutti i nostri sforzi per spingerci quanto più sia possibile avanti. Noi terremo a mente i modi con cui gli uomini eletti hanno allargato il campo delle scienze; noi lasceremo in disparte le strade fallaci nelle quali si sono smarriti, trascinandosi dietro, spesso durante parecchi secoli, un numero immenso di imitatori, fino al giorno in cui vennero nuovi esperimenti a ricondurre gli osservatori nella retta via.

Nissuno vorrà negare che l'esperienza non abbia e non debba avere la massima azione su tutto ciò che l'uomo intraprende, e particolarmente riguardo alla storia naturale, di cui qui più specialmente si tratta: nello stesso modo non si può negare che l'intelligenza, la quale comprende, compare, coordina e perfeziona l'esperienza, non abbia una forza indipendente e in qualche modo creatrice. Ma quale è il miglior metodo dello sperimentare? Come trar partito dei tentativi e aumentare le nostre forze adoperandoli? Ecco ciò che è, e deve essere quasi universalmente ignorato.

Quando l'attenzione di un uomo che abbia buone condizioni e acume di sensi è attratta su certi oggetti, da quel punto egli è tratto ad osservare, e può far ciò con buon effetto.

Sovente ho potuto riconoscere questo fatto da che mi occupo con ardore di ottica e di cromatica. Ho l'abitudine, come suole accadere, di parlare dell'argomento che mi attrae in quel punto con delle persone estranee a una tale scienza. Quando si è destata la loro attenzione, esse scorgono dei fenomeni che mi erano ignoti, e che io avevo lasciato sfuggire alla mia osservazione, e per tal modo correggono dei convincimenti prematuri, e mi mettono in grado di andare avanti con maggiore speditezza, e di uscire dalla cerchia ristretta nella quale sovente le ricerche faticose ci tengono imprigionati.

Ciò che è vero pel maggior numero delle imprese umane è vero anche per queste: gli sforzi di parecchi, diretti verso il medesimo scopo, possono soli condurre a grandi risultamenti. È cosa evidente che la gelosia, la quale ci induce a togliere agli altri l'onore di una scoperta, come pure il desiderio smodato che ha l'uomo di condurre a buon fine una scoperta che egli abbia fatto e di perfezionarla senza aiuto d'altrui, costituiscono gravi ostacoli che l'osservatore si impone da se stesso.

Io ho tratto così grande vantaggio dal metodo che consiste nel lavorare con parecchi collaboratori, che sono ben lungi dal volervi rinunziare. Io conosco bene le persone alle quali vado debitore di questa o di quella scoperta, e proverò un vero piacere nel far ciò conoscere in seguito.

Se gli uomini ordinari, purchè siano attenti, possono rendere grandi servizi, s'intende come moltissimo si possa aspettare della riunione di parecchi uomini istrutti. Una scienza è per se stessa una massa tanto grande che può reggere parecchi uomini, mentre un uomo solo è incapace di sopportarne il peso. Le scienze somigliano a quelle acque fluenti, ma imprigionate in un bacino, che non possono superare un certo livello. Non sono gli uomini che fanno le più belle scoperte, ma bensì le fa il tempo; le grandi cose sono state compiute nella medesima epoca da due o più pensatori contemporaneamente. Se noi dobbiamo una immensa gratitudine alla società e ai nostri amici, tanto più ancora dobbiamo essere grati al mondo e al tempo, e veramente non riconosceremo mai abbastanza quanto siano necessari per tenerci sulla buona strada e farci progredire gli aiuti, gli avvisi, i ragguagli e le contraddizioni.

Nelle scienze bisogna tenere una condotta opposta a quella che tengono gli artisti. Questi hanno ragione di non lasciar vedere i loro lavori fino a che non siano terminati, perchè difficilmente potrebbero trar partito dai consigli che a loro verrebbero dati, o giovarsi degli aiuti che loro verrebbero offerti. Compiuto il lavoro, devono darsi molto pensiero della lode e del biasimo, meditarne le cause per combinarle colle loro osservazioni personali, e prepararsi, formarsi prima d'accingersi a un nuovo lavoro. Giova invece nelle scienze il comunicare al pubblico un'idea che nasce, un nuovo esperimento che si affaccia, e non costruire l'edificio scientifico se non che quando il disegno e i materiali ne sono stati universalmente conosciuti, apprezzati e giudicati.

Lo studioso che ripete a bella posta le osservazioni, fatte da altri prima o simultaneamente, che riproduce dei fenomeni prodottisi artificialmente o a caso, fa ciò che si dice uno esperimento.

Il merito di un esperimento semplice o complicato, è che esso si possa ripetere ogni qualvolta si avranno riunite le condizioni essenziali mercè un apparecchio noto, maneggiato secondo certe regole, colla abilità necessaria. Merita veramente di essere ammirato l'ingegno dell'uomo quando si consideri quali siano le combinazioni che sono state necessarie per ottenere l'intento, quali macchine erano state immaginate e si vadano ancora immaginando collo scopo di dimostrare una verità.

Qualunque sia il valore di uno sperimento isolato, esso non acquista tutta la sua importanza se non che quando è collegato e rannodato ad altri tentativi. Ma per legare insieme i due sperimenti fa d'uopo adoperare tanta attenzione e tanto rigore quanto pochi osservatori se ne sanno imporre. Può avvenire che due fenomeni si somiglino senza che abbiano tanta analogia quanto può parere. Talora a tutta prima sembra che due sperimenti siano la conseguenza l'uno dell'altro, e poi si scorge che anche una lunga serie di fatti intermedi basta appena per rannodarli l'uno all'altro.

Pertanto lo sperimentatore non sarà mai abbastanza cauto contro quelle conseguenze premature che si traggono tante volte dagli sperimenti; invero, quando l'uomo passa dalla osservazione al giudizio, dal conoscimento di un fatto alla sua applicazione, allora egli si trova allo ingresso di uno stretto dove lo aspettano tutti i suoi interni nemici, l'immaginazione, l'impazienza, la precipitazione, l'amor proprio, l'ostinatezza, la forma delle idee, le opinioni preconcette, la pigrizia, la leggerezza, la vaghezza del mutare, e mille altri ancora di cui mi sfuggono i nomi. Tutti questi nemici sono là in agguato e sorprendono ugualmente l'uomo della vita pratica e l'osservatore calmo e tranquillo che sembra al riparo da ogni azione.

Nello intendimento di segnalare la imminenza del pericolo e fermare l'attenzione del lettore, io non rifuggirò dallo arrischiare un paradosso, col sostenere che uno esperimento, od anche parecchi esperimenti messi in rapporto fra loro, non provano assolutamente nulla, e che è cosa pericolosissima il voler confermare colla osservazione immediata una qualsiasi proposizione. Havvi di più: l'ignoranza degli inconvenienti e della insufficienza di un così fatto metodo è stata la causa dei più grandi errori. Io mi spiegherò più chiaramente per purgarmi del sospetto che io abbia voluto soltanto avere la originalità in mira.

L'osservazione che voi fate, lo sperimento che la conferma, non sono per voi che una nozione isolata. Riproducendo parecchie volte questa nozione isolata, voi la trasformate in certezza. Due osservazioni sullo stesso argomento vengono a vostra conoscenza; esse possono essere collegate strettamente fra loro, ma possono anche parere assai più che realmente non siano. Perciò l'uomo è consuetamente indotto a credere la loro connessione più intima che non sia in effetto. Ciò è conforme alla natura dell'uomo; la storia della mente umana ce ne dà esempi a migliaia, e io so per mia propria esperienza di aver sovente errato in tal modo.

Questo difetto ha molta relazione con un altro, di cui è il prodotto. L'uomo si compiace della rappresentazione di una cosa più che non della cosa istessa; o, per parlare più esattamente, l'uomo non si compiace in una cosa, so non che in quanto se la rappresenta, e combina colla sua maniera di vedere; ma per quanto egli sollevi la sua idea al disopra di quelle del volgo, per quanto la purifichi, essa non è mai altro che un tentativo infruttuoso per stabilire fra parecchi oggetti delle relazioni che, in verità, si possono afferrare ma che, a parlare propriamente, non esistono fra di essi. Da ciò quella tendenza alle ipotesi, alle teorie, alle terminologie, ai sistemi, che noi non sapremmo biasimare, perchè è una conseguenza necessaria della nostra organizzazione.

Se è vero che, per un lato, una osservazione, uno sperimento, devono sempre essere considerati come isolati, e che, per un altro lato, la mente umana tende irresistibilmente a raccostare tutti i fatti esterni che arriva a conoscere, si comprenderà facilmente quanto sia pericoloso il voler collegare uno sperimento isolato con una idea già affermata, il voler stabilire per via di sperimenti isolati un rapporto il quale, lungi dall'essere puramente materiale, è il prodotto anticipato della forza creatrice della intelligenza. Soventissimo avviene che lavori di tal fatta producano teorie e sistemi che fanno un grandissimo onore alla sagacia dei loro autori. Queste teorie, adottate con entusiasmo, hanno un regno il quale sovente dura troppo a lungo, ed esse traggono o incagliano i progressi della mente umana ai quali, per altri rispetti, sarebbero state giovevoli.

Aggiungiamo che una mente forte fa prova di una abilità tanto maggiore, quanto è minore il numero dei dati. Allora essa li domina, non ne sceglie che taluni i quali le piacciono, sa disporre gli altri in modo che non sembrino contradditorii, e confonde, ed allaccia talmente quelli che sono decisamente contrari, che finisce per metterli in disparte. Allora quel complesso non è più una repubblica nella quale ogni cittadino opera liberamente, ma è una corte dove regna l'arbitrio di un despota.

Un uomo dotato di un merito di cotal fatta non potrebbe a meno di avere degli allievi e degli ammiratori, ai quali la storia insegna a conoscere e a vantare questo ingegnoso sistema; essi si compenetrano quando è possibile delle idee del maestro, sovente una dottrina diventa così fattamente dominante, che passa per audace e temerario chi abbia l'ardimento di metterla in dubbio. Trascorsi parecchi secoli, il tempo incomincia alla perfine a scavare l'idolo dalla base, e a sottomettere i fatti al libero esame della ragione umana, la quale non si lascia più imporre una autorità usurpata; e allora, in proposito del fondatore della sètta caduta, si ripete ciò che un uomo di ingegno diceva di un grande naturalista: Sarebbe stato un gran genio se avesse fatto meno scoperte.

Non basta avere riconosciuto il pericolo e averlo segnalato. È d'uopo che io faccia conoscere la mia opinione e che io indichi quelle precauzioni mercè le quali ho potuto scansare così fatti scogli, che altri prima di me hanno pur saputo scansare.

Ho già detto precedentemente esser cosa pericolosa il fare di uno sperimento la dimostrazione immediata di una ipotesi, e ho fatto vedere che io teneva in conto di cosa utilissima il farne un uso mediato. Siccome tutto si posa su questo punto di dottrina, è d'uopo che io mi esprima chiaramente.

Ogni fenomeno della natura è collegato al complesso e, sebbene le nostre osservazioni ci sembrino isolate, sebbene gli sperimenti non siano per noi che dei fatti individuali, non risulta da ciò che realmente siano tali; si tratta soltanto di sapere in qual modo noi saremo per trovare il legame che unisce questi fatti o questi avvenimenti fra loro.

Noi abbiamo veduto sopra che i primi a cadere nell'errore sono quelli che cercano di fare combaciare immediatamente un fatto individuale colle loro opinioni o colla loro maniera di vedere. Noi troveremo invece che quelli che sanno studiare una osservazione, una esperienza sotto tutti i suoi aspetti, che sanno tenerle dietro in tutte le sue modificazioni e rivolgerla per ogni verso, arrivano ai risultamenti più fecondi.

Tutte le cose nella natura, e sovratutto le forze e gli elementi generali, soggiacciono a una azione e a una reazione incessanti. Si può dire di un fenomeno qualsiasi che esso è in rapporto con un grandissimo numero di altri, somigliante a un punto luminoso e libero nello spazio, che raggia in tutti i sensi. Per la qualcosa, fatta la esperienza, registrata l'osservazione, non sarà mai troppa la cura che noi dovremo porre nel cercare ciò che si trova in contatto immediato con essa, ciò che ne risulta prossimamente; ciò è più importante che non il sapere quali siano i fatti che hanno rapporto col nostro. Deve quindi ogni naturalista variare i suoi sperimenti isolati. Ciò è l'opposto di quanto deve fare uno scrittore che voglia riuscire interessante. Questo scrittore riuscirà noioso a chi lo legge e se non gli lascia nulla da indovinare, mentre il naturalista deve lavorare senza tregua come se non volesse lasciar più nulla da fare ai suoi successori. La sproporzione fra la nostra intelligenza e la natura delle cose lo avvertirà abbastanza sollecitamente che non v'ha un uomo il quale abbia la capacità di finirla con un argomento, qualunque esso sia.

Nei due primi capitoli della mia Ottica, ho cercato di formare una serie di sperimenti congeneri, i quali si toccano immediatamente, per modo che, quando siano considerati nel loro complesso, non formano, propriamente parlando, che uno sperimento solo, e non sono che una sola osservazione, presentata in mille diversi aspetti.

Una osservazione che per tal modo ne contiene parecchie è evidentemente di un ordine più elevato. È l'analogia della formola algebrica che rappresenta migliaia di calcoli aritmetici isolati. Il naturalista ha questa alta missione di arrivare a così fatti sperimenti di un ordine elevato, e ciò è ben dimostrato dallo esempio degli uomini più rimarchevoli nelle scienze.

Questo metodo prudente, che consiste nel procedere di punto in punto, o piuttosto nel trarre delle conseguenze le une dalle altre, ci viene dai matematici; e, sebbene noi non facciamo uso di calcoli, dobbiamo sempre procedere come se dovessimo rendere conto dei nostri lavori a un geometra severo e rigoroso. Il metodo matematico, che procede assennatamente e limpidamente, fa vedere all'istante se in un ragionamento si tralasciano degli intermediari. Le sue dimostrazioni non sono che degli svolgimenti circostanziati, i quali devono far vedere che gli elementi del complesso che esso presenta esistevano precedentemente e che la mente umana avendoli compresi in tutta la loro estensione, li aveva giudicati esatti e incontestabili per ogni rispetto. Perciò le dimostrazioni non sono tanto argomenti, come piuttosto esposizioni, ricapitolazioni.

Da che ho posto questa differenza, mi sia concesso di ritornare un po' indietro.

Si vede quanto la dimostrazione matematica, la quale, con una serie di elementi, produce mille combinazioni, differisce dal genere di dimostrazione che un abile oratore sa dedurre dai suoi argomenti. Taluni argomenti possono avere delle relazioni parzialissime; ma un oratore ingegnoso e ricco di immaginazione li costringe a convergere verso un punto comune, e illude il suo uditorio con delle apparenze di bene e di male, di falso e di vero. Nella stessa maniera, per sostenere una teoria si possono raccontare taluni sperimenti isolati, e se ne può trarre una sorta di dimostrazione più o meno fallace.

Ma l'uomo che procede coscienziosamente in faccia a se stesso ed altri si sforza di elaborare con cura gli sperimenti isolati, collo scopo di pervenire alle osservazioni di un ordine più elevato. Queste dovranno essere formolate in poche parole, coordinate insieme a mano a mano che si vengono sviluppando, e disposte per modo da formare, come proposizioni matematiche, un edificio incrollabile nelle sue parti e nel suo complesso.

Gli elementi di queste osservazioni di un ordine più elevato consistono in un gran numero di sperimenti isolati, che ognuno può esaminare e giudicare; acquistando per tal modo la certezza che la formola generale è veramente l'espressione di tutti i casi individuali; imperocchè qui non si potrebbe procedere arbitrariamente.

Invece nell'altro metodo, il quale consiste nel sostenere la propria opinione per via di sperimenti isolati; che vengono trasformati in argomenti, il più delle volte non si fa altro che sorprendere un giudizio, senza indurre il convincimento. Ma, se voi avete raccolto una massa di quelle osservazioni di un ordine più elevato delle quali già abbiamo tenuto discorso, allora, per quanto si voglia aggredirle col ragionamento, colla immaginazione, col dileggio, ben lungi dallo scuotere l'edificio, non si farà altro che fortificarlo. Non sarà mai sufficiente lo scrupolo che converrà porre nel compimento di questo primo lavoro, anzi il rigore, e perfino la pedanteria, perchè esso deve servire al tempo presente e al tempo avvenire. Bisognerà coordinare questi materiali in serie, senza disporli in un modo sistematico; allora ognuno può disporli a suo modo per formarne un complesso più o meno accessibile e di facile intendimento. Procedendo in tal modo, si verrà a separare ciò che deve essere separato e si verrà ad accrescere più sollecitamente e più fruttuosamente il tesoro delle nostre osservazioni, che non avverrebbe se bisognasse lasciare in disparte le esperienze susseguenti, come si trascurano le pietre portate dopo il compimento di una fabbrica e delle quali l'architetto non si saprebbe giovare.

Lo assenso degli uomini più segnalati, e il loro esempio, mi fanno sperare di essere nella buona via; io desidero pure che i miei amici, i quali qualche volta mi domandano quale scopo io mi propongo nei miei sperimenti sull'ottica, siano soddisfatti di questa dichiarazione.

É mio intendimento raccogliere tutte le osservazioni fatte in questa scienza, ripetere e variare quanto più sia possibile tutti gli sperimenti, rendendoli abbastanza facili perchè possano essere accessibili al maggior numero; poi formolare delle proposizioni che riassumeranno le osservazioni di secondo grado, e finalmente rannodarle a qualche principio generale. Se qualche volta la mente e la immaginazione, sempre pronte e impazienti, mi fanno andare allo avanti della osservazione, allora il metodo medesimo mi indica quale sia la direzione in cui si trova quel punto al quale le devo ricondurre.

L'uomo che vuole studiare gli esseri in generale, e in special modo quegli esseri che sono organizzati, collo intendimento di determinare i loro rapporti e quelli delle loro azioni reciproche, quasi sempre è indotto a credere che egli arriverà al suo scopo mercè l'analisi delle parti di quegli esseri. Invero, l'analisi può condurre molto avanti. È inutile ricordare qui tutti quei servizi che l'anatomia e la chimica hanno reso alla scienza, e quanto queste scienze abbiano contribuito a far comprendere la natura nel suo complesso e nei suoi particolari.

Ma questi lavori analitici, continuati sempre, hanno pure i loro inconvenienti. Si separano gli esseri viventi in elementi, ma non si possono nè ricostrurre nè animare; ciò è vero di molti fra i corpi inorganici, e tanto più dei corpi organizzati.

Perciò in ogni tempo i dotti hanno sentito il bisogno di considerare i vegetali e gli animali come organismi viventi; hanno sentito il bisogno di comprendere il complesso delle loro parti esterne, che sono visibili e tangibili, per dedurre la loro struttura interna, e dominare per così dire il tutto per mezzo della intuizione. È inutile di mostrare particolareggiatamente quanto questa sentenza scientifica si trovi in armonia collo istinto artistico e col talento della imitazione.

L'istoria dell'arte, del sapere e della scienza, ci ha conservato più di un tentativo intrapreso per fondare e perfezionare questa dottrina che chiamerò Morfologia. Vedremo nella parte storica in quante diverse forme questi tentativi siano stati intrapresi.

Il Tedesco, per esprimere il complesso di un essere esistente, adopera il vocabolo forma (Gestalt); adoperando questo vocabolo, egli fa astrazione dalla mobilità delle parti, ammette che quel tutto il quale risulta dallo adunamento delle parti che si convengono, porta un carattere invariabile ed assoluto.

Ma, se noi esaminiamo tutte le forme, e in particolare le forme organiche, troveremo in breve che non havvi nulla di fisso, di immobile, nulla di assoluto, ma che tutte sono condotte in un continuo movimento; ecco perchè la lingua tedesca ha il vocabolo formazione (Bildung), che si dice tanto di ciò che è già stato prodotto, come di ciò che sarà prodotto poi.

Dunque, se vogliamo creare una Morfologia, non dobbiamo parlare di forma; e se noi adoperiamo questo vocabolo, esso per noi non sarà altro che il rappresentante di una nozione, di una idea, o di un fenomeno realizzato ed esistente soltanto pel momento.

Ciò che si è venuto formando si trasforma subito, e per avere un'idea vivente e vera della natura, noi la dobbiamo considerare come sempre mobile e mutevole, prendendo per esempio il modo in cui essa procede con noi stessi.

Se, mercè lo scalpello, noi separiamo un corpo nelle sue differenti parti, e queste nuovamente nelle loro parti costituenti, finiremo per arrivare agli elementi che sono stati indicati col nome di parti similari. Non tratteremo ora di queste parti; vogliamo invece chiamar l'attenzione sopra una legge più elevata della organizzazione che formoliamo nel modo seguente:

Ogni essere vivente non è una unità, ma una pluralità; anche quando esso ci appare nella forma di un individuo, esso è una riunione di esseri che vivono ed esistono per se stessi, identici in fondo, ma che in apparenza possono essere identici o somiglianti, differenti o dissomiglianti. Talora questi esseri sono riuniti fin dalla origine, altra volta s'incontrano e si riuniscono; si separano, si ricercano, e determinano per tal modo una riproduzione nel medesimo tempo infinita e svariata.

Quanto più il vivente è imperfetto, tanto più le parti sono somiglianti, e riproducono l'immaginazione del tutto. Quanto più il vivente diventa perfetto, tanto più le parti sono dissomiglianti. Nel primo caso, il tutto somiglia alla parte; nel secondo, segue l'opposto; quando le parti sono somiglianti, tanto meno sono subordinate le une alle altre: la subordinazione degli organi indica una creatura di un ordine elevato.

Siccome le massime generali hanno sempre qualche oscurità per chi non sa spiegarle subito con esempi, daremo qui qualche esempio, perchè tutto questo nostro lavoro non intende ad altro che allo svolgimento di queste idee e di alcune altre ancora.

Nessuno vorrà negare che un'erba e anche un albero che si presentano a noi come individui, non si compongano di parti che si somigliano fra loro e somigliano al tutto. Son molte le piante che si possono propagare per talee. La gemma nell'ultima varietà di un albero fruttifero mette un ramo che porta un certo numero di gemme identiche, la propagazione per seme si fa nello stesso modo; essa è lo sviluppo di un numero infinito di individui somiglianti, usciti dal seno della medesima pianta.

Si vede che il mistero della propagazione per semi è già contenuto in questa formola. E, se si riflette, se si osserva bene, si riconoscerà che il seme stesso il quale a primo aspetto, ci appare come una unità indivisibile, in realtà non è che un adunamento di esseri somiglianti e identici. Ordinariamente si considera la fava siccome acconcia a dare una giusta idea del germogliamento; prendetela prima che abbia germogliato, quando è ancora avvolta nel suo perisperma, voi troverete, quando l'avrete spogliata di questo invoglio, primieramente due cotiledoni che a torto vengono comparati alla placenta, imperoccbè sono vere foglie, tumefatte per verità, ripiene di fecola, ma che verdeggiano all'aria: poi si osserva la piumetta che si compone essa pure di due foglie sviluppate e suscettive di svilupparsi ancora; se voi riflettete che dietro ciascun picciuolo esiste una gemma, se non in realtà almeno possibile, allora riconoscerete nel seme che a tutta prima ci appare semplice, un adunamento di individualità che l'idea suppone identiche e di cui l'osservazione dimostra l'analogia.

Ciò che è identico secondo il giudizio della mente, agli occhi della osservazione qualche volta è identico, altre volte è somigliante, e finalmente spesso è al tutto differente e dissomigliante, e in essi consiste la vita accidentata dalla natura quale noi la vogliamo presentare in questo libro.

Citiamo ancora un esempio preso nel grado più basso della scala animale. Hannovi infusorii che presentano una forma semplicissima, i quali noi vediamo nuotare nell'acqua, appena questa li lascia all'asciutto, essi scoppiano e si risolvono in una moltitudine di minuti granellini; probabilmente questa risoluzione è un fenomeno naturale che seguirebbe in pari modo nell'acqua e che indica una moltiplicazione indefinita. Ho parlato abbastanza per ora intorno a questo argomento, perchè questo punto di vista si deve riprodurre in tutto il corso di questo lavoro.

Quando si osservano delle piante e degli animali inferiori, appena si possono distinguere. Noi non vediamo altro che un punto vitale immobile, oppure dotato di movimenti sovente appena sensibili. Io non oserei affermare che questo punto possa divenire o l'uno o l'altro dei due secondo le circostanze; pianta sotto l'influenza della luce, animale mercè quella della oscurità; sebbene ciò sembri essere indicato dalla osservazione e dalla analogia. Ma ciò che si dice, si è che gli esseri venuti da questo principio intermediario fra i due regni, si perfezionano secondo due direzioni contrarie, la pianta diventa un albero durevole e resistente, l'animale si solleva nell'uomo al punto più alto di libertà e di mobilità.

La gemmazione e la prolificazione sono due modi principali dell'organismo che si possono dedurre dalla coesistenza di parecchi esseri identici e somiglianti di cui questi due modi non sono che l'espressione; noi teniamo dietro ad essi attraverso a tutto il regno organizzato, ed essi ci serviranno a classificare e caratterizzare più di un fenomeno.

La considerazione del tipo vegetale ci mena a riconoscere da esso una estremità superiore e una estremità inferiore; la radice è in basso, essa si dirige verso la terra, perchè è del dominio della oscurità e della umidità; lo stelo si eleva in senso opposto verso il cielo cercando la luce e l'aria.

La considerazione di questa struttura meravigliosa e del suo sviluppo, ci conduce a riconoscere un altro principio fondamentale. Questo si è che la vita non saprebbe operare alla superficie e manifestarvi la sua forza produttrice. La forza vitale ha bisogno di un invoglio che la protegga contro l'azione troppo energica degli elementi esterni, dell'aria, dell'acqua, della luce, per poter adempiere un còmpito determinato. Che questo invoglio si mostri nella forma di una scorza, di una pelle, di una conchiglia, poco importa, tutto ciò che ha vita, tutto ciò che opera siccome dotato di vita, è fornito di un invoglio; quindi la superficie esterna appartiene prontamente alla morte, alla distruzione. La scorza degli alberi, la pelle degli insetti, i peli e le penne degli uccelli, l'epidermide dell'uomo, sono integumenti che si mortificano, si separano, si distruggono incessantemente, ma dietro ad essi si formano altri invogli sotto i quali la vita, la quale ha sede a una varia profondità, intesse la sua trama meravigliosa.

INTRODUZIONE GENERALE

ALL'ANATOMIA COMPARATA FONDATA SULLA OSTEOLOGIA.

Gennaio 1795

I.

Dell'utilità dell'Anatomia Comparata e degli ostacoli

che si oppongono ai suoi progressi.

La storia naturale ha il suo fondamento, in generale, sulla comparazione degli oggetti.

I caratteri esterni sono essenziali, ma non sono sufficienti a far sì che con essi si possano distinguere o raccogliere gli esseri organizzati.

L'Anatomia sta ai corpi organizzati come la Chimica sta alle sostanze inorganiche.

L'Anatomia comparata dà argomento a considerazioni svariatissime, e ci costringe ad esaminare gli esseri organici da moltissimi punti di vista.

La Zootomia deve sempre procedere insieme collo studio dell'uomo.

La Struttura e la Fisiologia del corpo umano hanno fatto notevoli progressi mercè le scoperte compiutesi negli animali.

La natura ha dotato gli animali di qualità diverse: la loro destinazione non è la medesima, e ciascuno di essi presenta un carattere spiccato.

La loro organizzazione è semplice, ridotta allo stretto necessario, sebbene spesso il loro corpo abbia un volume esagerato.

L'uomo ci presenta in un piccolo volume una struttura complicata; i suoi organi importanti occupano poco spazio, e le loro divisioni sono più numerose; quelli che sono distinti sono collegati fra loro per mezzo di anastemosi.

Nell'animale l'animalità riesce evidente agli occhi dell'osservatore con tutti i suoi bisogni e i suoi rapporti immediati.

Nell'uomo, l'animalità sembra chiamata a più alti destini e rimane nell'ombra per gli occhi del corpo come per quelli della mente.

Gli ostacoli che si oppongono ai progressi della Anatomia Comparata sono numerosi; è una scienza senza limiti, la mente si stanca di studiare empiricamente un argomento tanto vasto e tanto vario – fin qui le osservazioni sono rimaste isolate come erano state fatte.

Non si poteva andar d'accordo sulla terminologia; i dotti, i cavallerizzi, i cacciatori, i macellai, ecc. adoperavano denominazioni differenti.

Nissuno credeva alla possibilità di un punto di convegno, intorno al quale si potessero raccoglier quegli oggetti, o di un punto di vista comune secondo il quale si potessero considerare.

In questa scienza, come nelle altre, le spiegazioni non erano state sottomesse a una critica sufficientemente illuminata. Taluni non facevano altro che badare servilmente al fatto materiale, altri si andavano sempre allontanando dalla vera idea di un essere vivente ricorrendo alle cause finali. Le idee religiose erano un ostacolo del medesimo genere, perchè si voleva che ogni cosa fosse rivolta alla maggior gloria di Dio. Così si andava divagando in speculazioni vuote di senso sulla anima degli animali, ecc.

È già necessario un immenso lavoro per studiare la Anatomia dell'uomo fin ai suoi minuti particolari; d'altra parte quello studio si comprendeva nello studio della medicina, e pochi dotti lo coltivavano in un modo esclusivo. Era anche più piccolo il numero di quelli che fossero forniti di un ardore bastante, come di tempo, di ricchezza e di mezzi materiali quali si richiedono per chi voglia intraprendere lavori importanti e continuati nella Anatomia Comparata.

II

Della necessità di stabilire un tipo per agevolare lo studio della Anatomia Comparata.

È tanto evidente l'analogia degli animali fra loro e degli animali coll'uomo che essa è stata universalmente riconosciuta; ma in certi casi particolari riesce malagevole l'afferrarla, e sovente è stata disconosciuta e anche formalmente negata. Perciò sarebbe difficile conciliare le opinioni spesso divergenti degli osservatori; perchè non si ha una norma per far stima delle differenti parti, nè una serie di principii che servano di guida in un così fatto labirinto.

Si venivano comparando gli animali coll'uomo e gli animali fra loro, e, dopo molta fatica, non si ottenevano che risultamenti parziali, i quali, moltiplicati indefinitivamente, mettevano l'osservatore nella impossibilità assoluta di comprendere il complesso delle cose. Si trovano in Buffon molti esempi in appoggio di questa asserzione, di cui i saggi di Josephi , e di parecchi altri sono venuti a confermare la verità; perchè sarebbe stato necessario comparare ciaschedun animale con tutti gli altri, e tutti gli animali fra di loro. Si vede che questa strada non avrebbe mai menato a uno scioglimento soddisfacente.

Pertanto io propongo di stabilire un tipo anatomico, un modello universale che contenga, per quanto è possibile, le ossa di tutti gli animali, affinché possa servire di regola nel farne la descrizione secondo un ordine prestabilito. Questo tipo dovrebbe essere stabilito, avendo riguardo, per quanto è possibile, alle funzioni fisiologiche. L'idea di un tipo universale trae necessariamente con sè un'al¬tra idea, vale a dire, l'idea della non esistenza di questo tipo di comparazione come essere vivente, perchè la parte non può essere l'immagine del tutto.

L'uomo, di cui la organizzazione è tanto perfetta, non potrebbe, appunto a motivo di questa perfettezza, servire di punto di comparazione cogli animali inferiori. Bisogna all'incontro procedere nel modo seguente.

L'osservazione ci insegna quali sono le parti comuni a tutti gli animali, e in che cosa queste parti differiscono fra di loro; la mente deve comprendere questo complesso, e dedurne per astrazione un tipo generale di cui la creazione le appartiene. Dopo di aver stabilito questo tipo, si può considerare come provvisorio, e farne saggio col mezzo dei metodi di comparazione consueti.

Veramente, si sono sempre comparati gli animali fra di loro, gli animali coll'uomo, le razze umane fra di loro, le estremità superiori colle estremità inferiori, oppure degli organi secondari fra di loro; per esempio una vertebra con un'altra vertebra.

Una volta costrutto il tipo, queste comparazioni che sono sempre possibili riesciranno sempre più logiche, e avranno una ottima azione sul complesso della scienza, servendo di controllo alle osservazioni già fatte, e assegnando ad esse il loro vero posto. Una volta che esiste il tipo; si procede per via di doppia comparazione. Dapprima si descrivono delle specie isolate secondo il tipo; fatto ciò, non fa più d'uopo di comparare un animale con un altro, basta mettere le due descrizioni in faccia l'una dell'altra, perchè il parallelo si stabilisca da se stesso. Si può ancora tener dietro alle modificazioni di un medesimo organo nei generi principali; e questo è uno studio fra i più fecondi di conseguenze importanti. È necessaria l'esattezza la più scrupolosa in queste monografie, e per quelle di quest'ultima maniera sarebbe indispensabile che parecchi osservatori mettessero in comune i loro lavori.

Tutti si accorderebbero per tenere un ordine stabilito, e una tavola sinottica agevolerebbe la parte per così dire meccanica del lavoro; allora lo studio profondo degli organi più insignificanti tornarebbe profittevole a tutti. Nello stato attuale delle cose, ognuno è obbligato di ricominciare ogni cosa ab ovo.

III.

Del tipo in generale.

In tutto ciò che siam venuti dicendo finora non abbiamo guari parlato di altro che dell'Anatomia de' Mammiferi, e dei mezzi per farla progredire; ma se vogliamo stabilire un tipo animale, è d'uopo che spingiamo più oltre gli sguardi nel mondo organizzato: perchè senza di ciò non potremmo neppur stabilire il tipo generale dei Mammiferi; e d'altra parte se noi ne vogliamo dedurre più tardi, per via di modificazioni retrograde, la forma degli animali inferiori, bisogna bene che abbiamo in vista tutta quanta la natura.

Tutti gli esseri che presentano un certo grado di sviluppo sono divisi in tre parti; guardate gli insetti; il loro corpo presenta tre sezioni le quali compiono funzioni diverse, ma reagiscono le un sulle altre perchè sono collegate fra loro, e rappresentano un organismo collocato abbastanza elevatamente nella scala degli esseri. Queste tre parti sono: il capo, il torace e l'addome; gli organi appendicolari appaiono disposti sopra di esse in modo svariato.

Il capo occupa la parte anteriore; è il punto di convegno degli organi dei sensi; il cervello, formato dalla riunione di parecchi ganghi nervosi, regola e concentra questi poderosissimi motori. La parte media, il torace, contiene gli organi della vita interiore che operano incessantemente dal di dentro al di fuori; gli organi della vita vegetativa sono meno sviluppati perchè, in questi animali, ogni sezione del corpo evidentemente è dotata di una vita che le è propria.

La parte posteriore, ossia l'addome, è occupata dagli organi della nutrizione, della riproduzione, e della secrezione dei liquidi poco elaborati.

La separazione delle tre parti o la loro riunione mercè tubi filiformi, è l'indizio di una organizzazione molto complicata; perciò la metamorfosi della larva in insetto perfetto consiste principalmente nella separazione successiva dei sistemi, i quali, rinchiusi nella larva sotto un involglio comune, erano inoperosi e non appariscenti per nulla al di fuori; ma quando lo sviluppo è compiuto, quando le funzioni si fanno ciascheduna perfettamente nella loro sfera, allora l'essere è veramente vivo e operoso, perchè la destinazione diversa, le secrezioni varie dei suoi sistemi organici, lo rendono alla perfine capace dì riprodursi.

Negli animali perfetti la testa è separata dal torace in un modo più o meno apparente; ma la seconda sezione è riunita all'ultima per mezzo della colonna vertebrale in un involglio comune; l'Anatomia ci fa vedere che havvi inoltre un diaframma fra di esse.

Il capo è provveduto di organi appendicolari necessari alla prensione degli alimenti, talora sono pinzette separate, talora un paio di mascelle più o meno perfettamente saldate. La parte mediana porta, negli animali inferiori, un gran numero di organi accessorii, come zampe, ale, elitre; negli animali più perfetti, braccia o membri anteriori; la parte posteriore è priva di organi appendicolari negli insetti, ma negli animali superiori, nei quali i due sistemi si ravvicinano e si confondono, le ultime appendici, chiamate gambe, si trovano alla parte posteriore dell'ultima sezione; questa disposizione si osserva in tutti i mammiferi; al tutto posteriormente si osserva pure un prolungamento, la coda, indizio evidente che un sistema organico si potrebbe continuare per così dire all'infinito.

IV.

Applicazione del tipo generale ad esseri individuali.

Gli organi di un animale, i rapporti che essi hanno fra loro, le speciali loro proprietà, determinano le condizioni della esistenza dell'animale stesso. Quindi i costumi spiccati ma invariabilmente limitati dei generi e delle specie.

Considerando gli animali superiori chiamati mammiferi colla conoscenza di un tipo, anche solamente sbozzato, si trova che la natura è circoscritta nella sua potenza creatrice, sebbene le varietà delle forme vadano all'infinito, a motivo del grande numero delle parti e del grandissimo loro modificarsi.

Se noi esaminiamo attentamente un animale, scorgeremo che la diversità delle forme che lo caratterizza proviene unicamente da ciò che una delle sue parti si fa predominante sull'altre.

Così, nella giraffa, il collo e le estremità sono favoreggiate alle spese del corpo, mentre nella talpa la cosa va oppostamente. Dunque esiste una legge in virtù della quale una parte non potrebbe aumentare di volume che alle spese di una altra parte, e viceversa. Questi sono i confini entro i quali la forza plastica si esercita nel modo il più bizzarro e il più arbitrario senza poterli mai oltrepassare; la forza plastica regna sovranamente entro questi confini, che sono poco estesi, ma sono sufficienti al suo sviluppo. Il totale generale del bilancio della natura è fisso; ma essa è libera di spenderne le somme parziali in quel modo che meglio le piace. La natura, quando vuol spendere da una parte, deve far economia dall'altra, e perciò non può mai indebitarsi nè far fallimento.

Adoperando questo filo conduttore, cerchiamo di guidarci nel labirinto dell'organizzazione animale, e vedremo che ci condurrà fino agli esseri organizzati i piú amorfi. Applichiamolo prima alla forma, in via di saggio, per valercene più tardi nello studio delle funzioni.

L'animale, preso isolatamente, è ai nostri occhi un piccolo mondo, il quale esiste da se stesso e per se stesso. Ogni essere contiene in sè la ragione della sua esistenza; siccome tutte le parti reagiscono le une sulle altre, da questa azione reciproca risulta che il circolo della vita si rinnova incessantemente; perciò ogni animale è fisiologicamente perfetto.

Se noi ci collochiamo nel centro dell'animale per considerare ciascun organo, troviamo che non ve ne ha uno che sia inutile o che, come sovente s'è immaginato, sia il prodotto accidentale della forza plastica; esternamente certe parti possono sembrare superflue, perchè non sono in rapporto che colla organizzazione interna, e la natura si è dato poco pensiero di metterle in armonia colle parti periferiche. D'ora innanzi non si domanderà più, in proposito di tal sorta di parti, per esempio i canini del Sus babirussa, a che cosa servano e donde provengono. Non si dirà più che il toro ha le corna per spingere, ma si cercherà perchè egli abbia le corna di cui si serve per spingere. Il tipo che ora imprendiamo a costrurre e ad analizzare in tutti i suoi particolari è invariabile nel suo complesso, e le classi superiori degli animali, i mammiferi, per esempio, lasciano scorgere, a malgrado della diversità delle loro forme, un accordo perfetto nelle loro differenti parti.

Ma pure badando costantemente a ciò che è costante, noi dobbiamo far variare le nostre idee quando si tratta di organi variabili, per poter tener dietro abilmente al tipo in tutte le sue metamorfosi, e non lasciarci mai sfuggire questo Proteo mutevole sempre.

Se ci si domanda quali siano le circostanze che determinano una destinazione tanto variabile, noi risponderemo che i modificatori esterni operano sull'organismo, il quale si adatta alla loro azione. Da ciò proviene la sua perfezione interna, e l'armonia che presenta l'esterno col mondo oggettivo.

Per far toccare con mano in qualche modo il perfetto pareggio che havvi fra le addizioni e le sottrazioni della natura, vogliamo riferire qui alcuni esempi. I serpenti hanno un posto elevatissimo fra gli esseri organizzati; hanno un capo distinto, fornito di un organo appendicolare perfetto, vale a dire di una mascella riunita sulla linea mediana; ma il loro corpo si prolunga, per così dire, indefinitamente, perchè in essi non vi è adoperata nè materia nè forza per gli organi accessorii. Appena questi appaiono nella lucertola, la quale tuttavia non ha che gambe e braccia cortissime, questo allungamento indefinito del tronco si ferma e il corpo si accorcia. Lo sviluppo dei membri posteriori della rana riduce il suo corpo a una lunghezza proporzionale piccolissima, e il corpo difforme del rospo si allarga in virtù della medesima legge.

Ora si tratta di sapere fino a qual punto si possa tener dietro a questo principio lungo tutta la serie delle classi, dei generi e delle specie, per acquistare la certezza della sua generalità, e applicarlo quindi allo studio esatto e minuzioso dei particolari.

Ma primieramente converrebbe determinare, in qual modo operino le varie forze elementari della natura sopra il tipo, e fino a qual punto esse, per così dire, si accomodino alle circostanze esterne.

L'acqua gonfia i corpi che tocca, che circonda, o nei quali si addentra; così il tronco del pesce e in particolare la sua carne sono tumefatti, perchè esso vive in questo elemento. Quindi, secondo le leggi del tipo organico, le estremità o gli organi appendicolari sono costretti a contrarsi mentre il corpo si dilata; senza parlare delle modificazioni che devono sopportare in seguito gli altri organi.

L'aria prosciuga, perchè s'impadronisce dell'acqua, e il tipo che si sviluppa entro a essa deve essere tanto più asciutto, quanto più l'aria ambiente è essa stessa più asciutta e più pura; perciò l'uccello sarà più o meno magro, e rimarrà alla forza plastica una sufficiente sostanza e forza per ricoprire lo scheletro di muscoli vigorosi, e dare un ampio sviluppo agli organi appendicolari; ciò che nel pesce si adopera per la carne, qui si adopera pel piumaggio. In tal modo l'aquila vien formata dall'aria per l'aria, dalle montagne per le montagne. Il cigno, l'anatra, che sono una sorta di animali anfibi, lasciano vedere già dalla forma la loro affinità per l'acqua. È un argomento degno di meditazione il considerare quanto la cicogna, l'airone, lasciano riconoscere nello stesso tempo la loro doppia vocazione pei due elementi.

L'azione del clima, dell'altitudine, del caldo e del freddo, unita a quella dell'acqua e dell'aria, opera potentissimamente sulla formazione dei mammiferi. Il calore e l'umidità gonfiano i corpi, e producono nei confini medesimi del tipo i mostri secondo le apparenze più inesplicabili, mentre il caldo e l'asciutto generano i tipi i più perfetti, i più compiuti, sebbene siano dissomigliantissimi dall'uomo; tali sono i leoni e le tigri. Si può perfino dire che un clima caldo basta per comunicare qualche cosa di umano alle organizzazioni imperfette, come la cosa è dimostrata dalle scimmie e dai pappagalli.

Il tipo è comparabile con se stesso nelle sue diverse parti, si possono comparare le parti molli alle parti dure; così, per esempio, gli organi della nutrizione e della generazione sembrano richiedere un maggiore dispendio di forza che non quelli del movimento e del sentimento. Il cuore e il polmone stanno entro una cassa ossea, mentre lo stomaco, gli intestini e l'utero si movono in un involglio di parti molli. Si vede chiaramente l'indicazione di una colonna sternale opposta alla colonna vertebrale; ma lo sterno, che è anteriore nell'uomo e inferiore negli animali, è debole e corto in comparazione della colonna vertebrale. Le vertebre ne sono allungate, sottili e appiattite, e mentre la colonna vertebrale porta delle coste vere o false, la colonna sternale è in rapporto soltanto con delle cartilagini. Pare adunque che questa abbia fatto un po' il sacrificio della sua saldezza agli ordini splancnici superiori e che dispaia davanti alle viscere addominali, nello stesso modo in cui la colonna vertebrale sacrifica le coste false delle vertebre lombari allo sviluppo dei visceri vicini, di cui l'importanza è così grande.

Se noi ci facciamo ad applicare questa legge ad altri fenomeni analoghi, vediamo che essa ci dà la spiegazione di parecchi in un modo soddisfacente. L'utero è l'organo capitale nella femmina, la quale non esiste che per esso.

Questo viscere occupa un posto considerevole in mezzo agli intestini, e ha le proprietà di estensione, di contrazione e di attrazione nel più energico grado. Quindi pare che, negli animali superiori, la forza plastica abbia speso tutto per questo organo, per modo che è obbligata a procedere con parsimonia quando si tratta degli altri. In questo modo io mi spiego la bellezza meno perfetta della femmina negli animali; gli ovarii avevano assorbito tanta sostanza, che non ne rimaneva più per l'apparenza esterna. Nel seguito di questo lavoro troveremo molti di questi fatti, che qui ora indichiamo solamente in modo generale.

Infine, di prossimità in prossimità ci andiamo elevando fino all'uomo, e si tratta di sapere se esso sta sul punto più elevato della scala animale, e in quale epoca vi si è trovato posto. Speriamo che il nostro filo conduttore non ci abbandonerà in questo labirinto, e che ci svelerà i motivi delle deviazioni e delle perfezioni della forma umana.

V

Del tipo osteologico in particolare.

Non sarà possibile riconoscere veramente se tutte queste idee si applicano allo studio della anatomia se non che dopo di avere considerato dapprima isolatamente i differenti organi degli animali, per compararli poi fra loro. Così pure spetta all'esperienza il dar giudizio del metodo secondo il quale noi disponiamo queste parti.

Lo scheletro evidentemente è l'impalcatura che determina la forma degli animali. Il conoscimento dello scheletro agevola il conoscimento di tutte le altre parti, certo vi sarebbe qui molto da discutere; converrebbe cercare in qual modo siasi dato opera fino ad oggi allo studio della osteologia umana; avremmo pur qualche cosa da dire intorno alle partes proprias et improprias ma per ora ci limiteremo ad alcuni laconici aforismi.

Vogliamo prima di tutto asserire, senza paura di smentita, che le divisioni dello scheletro umano sono puramente arbitrarie. Gli autori non si accordano intorno al numero delle ossa che compongono ogni regione, e ciascuno di essi le descrisse e le classificò a suo modo. Dopo bisognerebbe mettere in chiaro il punto al quale hanno portato l'osteologia generale dei mammiferi i lavori moltiplicati degli anatomici. Il giudizio di Camper intorno ai principali scritti di osteologia comparata, agevolerebbe singolarmente così fatte ricerche.

In generale si verrebbe a concludere che la mancanza di un tipo e delle sue divisioni fu causa di grandissima confusione nella osteologia comparata. Coiter, Duverney Daubenton e altri, sovente scambiarono un organo per un altro; è questo un errore che non si può scansare in qualsiasi scienza, ed è perdonabilissimo in questa.

Si erano radicate delle idee molto ristrette; non si voleva che l'uomo avesse un osso intermascellare superiore, e ciò per avere un carattere differenziale di più fra l'uomo e la scimmia. Non s'accor¬gevano che il negare in un modo indiretto l'esistenza di un tipo, era un discendere da quel punto di vista elevato dove era d'uopo collocarsi. Per un certo tempo si volle pure ritenere che la zanna dell'elefante sia impiantata nell'osso intermascellare, mentre spetta sempre al mascellare superiore. Un osservatore attento riconoscerà benissimo che una laminetta la quale si stacca dall'osso mascellare circonda questo enorme canino, e che tutto è disposto secondo la regola invariabile stabilita dalla natura.

Abbiamo detto che l'uomo non poteva essere il tipo dello animale, nè l'animale quello dell'uomo; si tratta pertanto di costrurre quest'intermediario che noi vogliamo stabilire fra essi e di motivare a poco a poco la nostra maniera di procedere.

Bisogna dapprima ricercare e notare tutte le ossa che ci si possono offerire; noi ci perverremo esaminando le specie di animali le più diverse, primieramente nello stato di feto, poi nei loro sviluppi successivi.

Consideriamo il quadrupede come ci si presenta, colla testa allo avanti; incominciamo a costrurre il cranio, poi le altre parti. A mano a mano noi verremo esponendo i motivi, le considerazioni, le osservazioni che ci servirono di guida; oppure lasceremo che la sagacia del lettore li indovini, per svolgerli poi più tardi. Procediamo adunque immediatamente a stabilire il tipo in generale.

VI.

Costituzione e divisione del tipo osteologico.

A. IL CAPO.

a) ossa intermaxillaria.

b) ossa maxillae superioris.

c) ossa palatina.

Questi ossi si possono comparare fra di loro per più di un rispetto, essi costituiscono lo scheletro della faccia, della parte interiore del capo, e della volta palatina. Si osserva una certa analogia nelle loro forme; sono le prime ossa che si presentano allo osservatore quando egli esamina un quadrupede dallo avanti all'indietro; inoltre, gli ossi mascellari e gli intermascellari bastano essi soli a far conoscere i costumi di un animale, perchè la loro configurazione determina la natura degli alimenti di esso.

d) ossa zigomatica.

e) ossa lacrymalia.

Sono collocati sotto i precedenti, danno compimento alla faccia e compiono il margine inferiore della cavità orbitale.

f) ossa nasi.

g) ossa frontis.

Questi ossi formano un tetto che ricopre gli altri, e così pure la volta della cavità orbitale, circon¬dano le fosse nasali, e proteggono i lobi cerebrali anteriori.

h) os sphenoideum anterius.

Posteriormente ed inferiormente è la chiave di tutto l'edificio che abbiamo testè costrutto; sopra di esso riposa la base dei lobi anteriori del cervello, e esso dà uscita a parecchi nervi importanti. Nell'uomo il corpo di quest'osso è sempre saldato intimamente col corpo dello sfenoide posteriore.

i) Os ethmoideum,

h) Conchuae,

l) Vomer.

Sono gli organi speciali dall'odorato.

m) Os sphenoideum posterius.

S'aggiunge allo sfenoide anteriore. Si vede che la base del cranio è quasi compiuta.

n) Ossa temporum.

Sono le pareti del cranio, e si saldano anteriormente colle ali dello sfenoide.

o) Ossa bregmatis, sive parietalia.

Formano la porte superiore della volta.

p) Basis ossis occipitis.

È l'analoga degli sfenoidali.

q) Ossa lateralia,

Costituiscono delle pareti come i temporali.

r) Os lambdoideum.

Compie la scatola ossea del cranio e può essere assimilato ai parietali.

s) Ossa petrosa.

Questi ossi contengono gli organi dell'udito è si incastrano nello spazio vuoto lasciato agli altri ossi.

Qui si termina la enumerazione delle parti ossee che formano il cranio e di cui non havvi alcuna che sia mobile.

t) Ossicula auris.

Se volessi svolgere questo argomento, farei vedere che queste divisioni esistono realmente, e che hannovi anche delle suddivisioni. Insisterei sulle proporzioni relative degli ossi, sui loro mutui rapporti e sulla loro azione reciproca, come quella degli organi interni ed esterni; si è in questo modo che, mentre starei costruendo il tipo, dimostrerei la sua realtà per mezzo di esempi.

B. IL TRONCO.

I. Spina dorsalis.

a) Vertebre colli.

La vicinanza del capo ha azione sulle vertebre del collo, segnatamente sulle prime.

b) Dorsi.

Hanno coste, e sono più piccole di quelle

c) Lumborum,

Che sono libere mentre quelle

d) Pelvis.

Sono modificatepel loro incastramento nel bacino

e) Caudae.

Il loro numero è variabile.

Costae.

Verae.

Spuriae.

II. Spina pectoralis.

Sternum

Cartilagines.

La comparazione della colonna vertebrale e dello sterno delle coste e delle cartilagini, dà luogo a dalle considerazioni interessanti.

C. ORGANI APPENDICOLARI.

1. Maxilla inferior.

2. Brachia,

affixa sursum vel retrorsum

Scapula,

deorsum vel antrorsum.

Clavicula.

Humerus.

Ulna, radius.

Carpus

Metacarpus.

Digiti

Forme proporzioni, numeri

3. Pedes

affixi sursum vel adversum

Ossa ilium.

Ossa ischii,

deorsum vel antrorsum.

Ossa pubis.

Femur, patella.

Tibia, fibula.

Tarsus.

Metatarsus.

Digiti.

Ossa interiora:

Os hyoïdes.

Carlilagines, plus vel minus ossificatae.

VII.

Del metodo con cui si devono descrivere le ossa isolatamente.

RISPOSTA A DUE QUESITI.

1°. Troviamo noi in tutti gli animali le ossa che abbiamo menzionato nel tipo?

2°. In qual modo riconoscere la loro identità?

DIFFICOLTÀ.

L'osteogenia varia,

a) per estensione o per ristringimento,

b) per la saldatura delle ossa,

c) nei limiti di ciaschedun osso,

d) nel loro numero,

e) nella loro grandezza,

f) nella loro forma, che è:

semplice o composta,

raccolta od espansa,

strettamente sufficiente, o esuberante,

perfetta, ma isolata, o saldata e atrofizzata.

VANTAGGI.

L'osteogenia è costante,

a) in ciò che uno stesso osso è sempre allo stesso posto,

b) in ciò che esso ha sempre il medesimo ufficio.

Il primo quesito si può adunque risolvere affermativamente, tenendo conto delle difficoltà e delle condizioni sovra esposte.

Il secondo quesito è suscettivo di soluzione, se noi sappiamo trar partito dei nostri vantaggi. Pertanto conviene procedere nel seguente modo;

1°. Cercare ciaschedun osso al posto che deve occupare.

2°. Il suo posto ci farà sapere quale sia il suo ufficio.

3°. Determinare la forma che può e deve avere in generale per compiere questo ufficio.

4°. Dedurre le deviazioni di forma possibili dalla osservazione e dalla idea che ce ne siamo fatta.

5°. Presentare per ciaschedun osso il quadro sinottico di tali deviazioni, disposte secondo un ordine che sarà sempre il medesimo.

In tal modo, dopo di aver ritrovato le ossa che si nascondono al nostro sguardo, noi potremo affermare la legge che presiede al loro variare di forma, e agevolare il loro esame comparativo.

A. SVILUPPO E DELIMITAZIONE DEL SISTEMA OSSEO IN GENERALE.

Abbiamo fatto un abbozzo del tipo osteologico e abbiamo determinato l'ordine secondo il quale vogliamo esaminare le parti di cui esso si compone.

Ma prima di scendere ai particolari, prima di dare un giudizio intorno allo ufficio di ciaschedun osso, non ci dobbiamo nascondere gli ostacoli che ci si fanno incontro

La costruzione di un tipo normale che noi terremo sempre d'occhio descrivendo e valutando gli ossi dei mammiferi, suppone necessariamente che la natura sia conseguente a se stessa, e che nei casi particolari proceda secondo certe regole prestabilite. Questa verità è incontestabile; perchè un rapido colpo d'occhio sul regno animale ci ha dato il convincimento che esiste un disegno primitivo il quale si ritrova su tutte queste forme tanto diverse.

Ma la natura non avrebbe potuto diversificarle in tal modo all'infinito, se non avesse uno spazio sufficiente in cui moversi, per così dire, senza uscire dai limiti della legge. Dunque, prima di tutto, bisogna determinare il campo in cui la natura si mostra variabile nella formazione delle ossa, e quello nel quale è costante; una volta posto ciò bene in sodo, potremo segnare i caratteri generali che ci faranno riconoscere un osso in tutta la serie animale.

La natura varia nella estensione che dà al sistema osseo e nei confini che gli assegna.

Non si può considerare il sistema osseo isolatamente, perchè fa parte di un sistema organico compiuto. Esso è collegato colle parti molli o quasi molli, come, per esempio, le cartilagini: Gli altri tessuti hanno una maggiore o minore affinità con questo sistema e hannovene perfino taluni che si possono solidificare. Ciò si rende evidente collo studio della osteogenia, che fa vedere nel feto o nell'animale appena nato, prima delle membrane, poi delle cartilagini, poi finalmente delle ossa. Nei vecchi, certi organi, i quali non appartengono allo scheletro, si ossificano, e da ciò deriva una sorta di estensione del sistema osseo.

La natura si è riservata, per così dire, la medesima libertà nella formazione di certi animali; essa depone delle masse ossee, colà, dove su altri non hannovi che tendini e muscoli. Così, in alcuni mammiferi, per esempio nel cavallo e nel cane, la porzione cartilaginea dell'apofisi stiloidea del temporale, è in rapporto con un osso che somiglia a una piccola costa, e di cui è ancora da determinare il significato. L'orso, il pipistrello hanno un osso che occupa il mezzo dell'organo copulatore. Si potrebbero citare molti altri analoghi fatti.

Qualche volta pure, sembra che la natura imponga al sistema osseo dei limiti più ristretti; così la clavicola manca in molti animali. In questo caso la mente riesce a stento ad accogliere il numero immenso di considerazioni che le si affacciano e che sarebbe inopportuno qui rammentare. Ci sarebbe da domandare perchè l'ossificazione sia arrestata da certi limiti determinati che non oltrepassa mai, come si vede nelle ossa, nelle cartilagini e nelle membrane della laringe. Sarà cosa interessante per noi lo esaminare, in seguito, quegli animali in cui la natura ha profuso delle masse ossee alla periferia, come si vede in certi pesci e in certi anfibi, per esempio, nelle testuggini, nelle quali le parti molli esterne si fanno dure ed ossee.

Ma ora, noi non dobbiamo abbandonare il nostro argomento, nè dimenticare che le parti liquide, molli e dure della economia devono essere considerate come un solo complesso, e che la natura può a suo talento modificarle in questo o quel modo.

B. DIFFERENZE NELLE SALDATURE.

Quando si proceda alla ricerca per ritrovare nei differenti animali tutti gli ossi di cui abbiamo parlato, si vede che qualche volta sono riuniti, altre volte sono separati; queste differenze non si osservano soltanto da un genere all'altro, ma anche da una specie all'altra, da un individuo all'altro, e persino nelle varie età di un medesimo individuo. Noi non ci siamo ancora dato ragione di tutte queste differenze. Siccome, per quanto io mi sappia, questo argomento non è ancora stato esplorato abbastanza addentro, derivò da ciò che le descrizioni del corpo umano non si accordano tra loro. Queste differenze sono poco importanti e poco pregiudizievoli, per via della ristrettezza del quadro; ma se noi vogliamo applicare i nostri studi osteologici a tutti i mammiferi, e quindi estenderli alle altri classi, come gli uccelli e i rettili, e anche proseguirli su tutta la serie animale, allora dobbiamo procedere altrimenti, e, come dice il proverbio, bene distinguere per bene insegnare.

È cosa nota generalmente che si trova un maggior numero d'ossa nel bimbo neonato che non nell'adulto, e che questo pure ne ha un numero maggiore che non il vecchio. Se colla abitudine non avessimo preso famigliarità con un metodo vizioso, ci farebbe meraviglia il vedere con quanto cieco empirismo sia stata condotta fin qui la descrizione delle ossa dello scheletro umano in generale, e di quelle del capo in particolare. Si prende un capo osseo di cui l'età non è determinata, se ne disgiungono le ossa per via di mezzi meccanici; e tutto ciò che si può separare in tal modo è considerato come una delle parti di cui la riunione costituisce il complesso cefalico. Mentre negli altri sistemi, come il sistema muscolare, il nerveo, il vascolare si teneva dietro agli organi nelle loro ultime suddivisioni; per le ossa lo studioso si contentò di una occhiata superficiale. Havvi forse cosa più contraria al buon senso e al conoscimento che abbiamo degli usi dell'osso temporale e dell'osso petroso, di quella di descriverli insieme? E tuttavia ciò si fa ancora quotidianamente; mentre l'osteologia comparata dimostra, che non solo l'osso petroso deve essere descritto separatamente, quando vogliamo acquistare un concetto giusto dell'organo dell'udito, ma ancora che l'osso temporale vuol essere considerato siccome composto di due parti distinte

Queste saldature delle ossa, siccome noi vedremo in seguito, non sono effetto del caso, perchè il caso non ha nessuna parte nella formazione degli esseri organizzati; allo incontro esse sono soggette a delle leggi le quali, per verità, sono difficili da scoprire, e ancora più difficili da applicare. Siccome il tipo ci ha fatto conoscere tutti gli ossi, ora dobbiamo indicare, nella descrizione degli scheletri di ciaschedun genere, di ciascheduna specie, e di ciaschedun individuo, tutte quelle saldature che noi troveremo visibili o dileguate. Così riconosceremo quelle parti che devono essere isolate anche quando siamo per trovarle confuse con quelle accosto. Il regno animale ci si presenterà nella forma di una grande immagine, e non diremo che questo o quell'organo mancano in una data specie o in un dato individuo, solamente perchè non avremo saputo trovarlo. Impareremo a vedere cogli occhi della mente, senza i quali l'uomo va brancolando come un cieco nelle scienze naturali come nelle altre scienze.

Nello stesso modo in cui nel feto l'osso occipitale si compone di parecchie parti, la disposizione delle quali ci dà ragione della forma dell'osso quando è arrivato allo stato perfetto; così parimente l'osservazione delle suddivisioni ossee che si trovano in parecchi animali, ci dà ragione delle forme, sovente bizzarre, difficili da comprendere, e impossibili da descrivere, che si trovano nell'uomo e in altri animali. Ma v'ha di più; noi discenderemo sovente fino ai rettili, ai pesci, anche ai molluschi, per spiegare l'organizzazione complicatissima dei mammiferi, e trovare delle soluzioni ai nostri dubbi. La mascella inferiore ci darà una prova evidentissima di questa verità.

C. DIFFERENZE NEI CONFINI.

Havvi un'altra circostanza abbastanza rara la quale può aggiungere delle difficoltà alla ricerca e alla determinazione delle ossa; invero, qualche volta i loro confini non sono gli stessi, e sembrano avere delle connessioni con degli ossi che ordinariamente non hanno alcun rapporto con essi. Così, nel genere dei gatti, l'apofisi laterale dell'osso intermascellare va ad articolarsi coll'osso coronale, e separa compiutamente la mascella superiore dall'osso nasale; nel bue, il mascellare superiore è separato dall'osso nasale per via dell'osso lacrimale, nella scimmia i parietali si saldano collo sfenoide e scostano il coronale dai temporali.

Questi casi verranno esaminati da noi particolareggiatamente, perchè essi possono essere soltanto apparenti, come faremo vedere nella descrizione degli ossi in particolare.

D. DIFFERENZE NEL NUMERO.

Il numero delle parti che terminano le estremità essendo variabili, ne segue che deve essere variabile in pari modo il numero degli ossi che le compongono. Così, il numero degli ossi del carpo e del tarso, del metacarpo e del metatarso, come quello delle falangi, non è sempre lo stesso; quando gli uni diminuiscono di numero, gli altri sono soggetti alla stessa legge.

Nello stesso modo si vede che il numero delle vertebre del dorso, dei lombi, del bacino e della coda, il numero delle coste, dei pezzi dello sterno, dei denti, ora aumenta, ora diminuisce; pare anzi che questo ultimo fatto abbia una grande azione sulla struttura delle altre parti del corpo.

Ma queste variazioni di numero ci daranno poco imbarazzo, perchè sono agevolissime da riconoscere e non ci devono quasi sorprendere.

E. DIFFERENZE DI GRANDEZZA.

Siccome la statura degli animali è molto diversa, così le loro parti ossee devono presentare le medesime differenze. Queste si possono riconoscere per mezzo di misure esatte, e parecchi anatomici, fra gli altri il Daubenton, hanno fatto molte di tali misure. Se la forma non variasse nel tempo medesimo in cui variano le proporzioni, sarebbe facile fare un parallelo, per esempio, fra il femore di un animale piccolo e quello di un mammifero grosso.

In proposito di ciò io metterò in campo un quesito, la soluzione definitiva del quale è interessante per la storia naturale in generale. Io domanderò se la grandezza abbia un'influenza sulla forma e fino a qual punto si estenda il potere di questa influenza? Noi sappiamo che gli animali molto grossi in generale sono sgarbati, sia che la massa domini la forma, sia che le proporzioni delle membra comparate fra loro non siano felici.

A primo aspetto sembra che un leone alto venti piedi potrebbe esistere tanto bene quanto un elefante della medesima statura e che questo animale, se fosse bene proporzionato, sarebbe tanto agile quanto i leoni ordinari. Ma l'osservazione dimostra che i mammiferi perfettamente sviluppati, non oltrepassano un certo volume; a mano a mano che la massa va aumentando, la forma s'impoverisce e la deformità incomincia. Si credette perfino vera la osservazione che, fra gli uomini, quelli che son troppo alti siano meno intelligenti di quelli di piccola statura. Si è detto pure che una figura ingrossata da uno specchio concavo non abbia più fisonomia. Veramente, pare che la massa sola sia accresciuta ma non sia accresciuta nel medesimo tempo la potenza della mente che la vivifica.

F. DIFFERENZE DI FORMA.

Ora ci si affaccia la più grande di tutte le difficoltà, la quale risulta da ciò che gli animali dissomiglianti, hanno pure delle ossa di cui la forma differisce. Per ciò l'osservatore si trova sovente nell'imbarazzo, sia che esamini uno scheletro nel suo complesso, oppure esamini delle parti ossee isolate. Se queste non hanno le loro connessioni consuete, egli non sa come denominarle, e se le ha determinate, non sa come descriverle, come compararle, perchè gli manca un terzo termine di comparazione. In vero, chi ravviserebbe come parti analoghe il braccio della talpa e quello della lepre? La forma di un organo può variare in differenti modi; notiamo dapprima i principali.

L'osso può essere semplice, e anche solamente in istato rudimentale in un animale, mentre in un altro si troverà compiutamente sviluppato e perfetto quanto sia possibile. Così l'osso intermascellare di una cerva differisce talmente da quello di un leone, che, a primo aspetto, sembra che questi due ossi non si possano in nessun modo comparare fra loro.

Un osso può essere sviluppato per un certo rispetto, mentre gli organi vicini, comprimendolo da tutte le parti, lo rendono deforme e irriconoscibile. Ciò è, per esempio, dei parietali nei mammiferi cornuti, comparati con quelli dell'uomo; ciò è pure dell'osso intermascellare del tricheco messo in parallelo con quello di un animale carnivoro.

Quando un osso compie appuntino il suo ufficio, esso ha costantemente una forma più definita, più facile da comprendere, mentre non avviene lo stesso per quell'osso che sembri avere una massa più grande di ciò che le è strettamente necessario. In quest'ultimo caso pertanto l'osso si trova singolarmente modificato nella sua forma, ed è, come a dire, rigonfio. Cosi gli ossi piatti, nel bue e nel maiale, contengono dei seni che li rendono irriconoscibili, mentre sono ottimamente disegnati e perfettamente caratterizzati nei felini.

Un'altra circostanza qualche volta sottrae interamente un osso al nostro sguardo: ciò avviene quando esso è saldato con un altro: questo interno attrae a sè una quantità maggiore di materia ossea che non sia quella assegnatagli dalla natura, e da ciò risulta che quell'osso a cui si trova unito ne rimane così fattamente povero, che dispare quasi interamente. Nella balena, le sette vertebre cervicali sono talmente confuse, che pare allo osservatore di non aver altro sott'occhio che un atlante fornito di un'appendice.

Ciò che è costante, si è il posto che un osso occupa nella economia e l'ufficio che vi compie; per la qual cosa nei nostri studi osteologici noi cercheremo sempre ciaschedun osso là dove è il suo posto; lo troveremo sempre, ma sovente respinto in una direzione o in un'altra, compresso, atrofizzato, e anche qualche volta ipertrofizzato. Dal posto che occupa l'osso noi indovineremo i suoi usi, i quali devono determinare una forma primitiva da cui esso non si scosta mai oltre certi limiti prestabiliti.

Le deviazioni delle forme possibili si deducono, sia mercè il ragionamento, sia mercè l'esperienza; esse dovranno essere presentate nel quadro sinottico, procedendo dal semplice al composto; dallo stato rudimentale allo stato perfetto, e viceversa, secondo che l'uno o l'altro metodo apparirà più chiaro.

Si scorge facilmente quanto la monografia compiuta di un osso esaminato in tutta la classe dei mammiferi riuscirebbe utile, quanto agevolerebbe la costruzione del tipo ideale.

Cerchiamo ora se non esista un punto centrale intorno a cui noi possiamo riunire su un circolo comune le osservazioni fatte o da farsi, per comprenderle con una sola occhiata.

VIII.

Dell'ordine che si deve tenere nello studio dello scheletro, e delle osservazioni che si devono fare su ciascuna parte.

Prima di accingersi allo studio di questo argomento l'osservatore deve avere sotto gli occhi un quadro generale delle osservazioni che si devono fare e del metodo che si deve tenere; imperocchè, nella descrizione di cui stiamo per dare il modello non deve trovar posto nessuna cosa che sia comune a tutti gli animali; vi si deve trattare soltanto dei caratteri differenziali.

Così, per esempio, nella descrizione degli ossi del capo si è già detto quali siano quelli che si trovano raccostati e quale sia la natura delle loro connessioni. Nella descrizione particolare, non si parlerà di queste connessioni se non che nel caso in cui esse vengano a trovarsi cambiate.

Cosi, l'osservatore farà bene a dichiarare se questo o quell'osso del capo presenta o non presenta dei segni, e ad aggiungere questa circostanza nella descrizione generale. Noi ne esamineremo parecchi nel corso dei nostri studi.

CAPUT.

OS INTERMAXILLARE.

Pars horizontalis seu palatina.

Pars lateralis seu facialis.

Margo anterior.

N. B. Gioverà dare una occhiata generale alla configurazione di questo osso e di tutti quelli che vanno soggetti a variare di forma, prima di entrare nei particolari delle loro parti; così riescirà meglio agevole il comprendimento di questi particolari.

Dentes:

aguzzi.

ottusi,

piatti,

piatti e coronati.

Canales incisivi.

Indicare se l'intervallo che separa le due metà simmetriche dell'intermascellare è considerevole.

46

MAXILLA SUPERIOR.

Pars palatina seu horizontalis.

Pars lateralis seu perpendicularis.

Margo seu pars alveolaris.

Dentes.

Canini:

proporzionalmente grandi o piccoli.

aguzzi.

ottusi.

ricurvi.

diretti in alto o in basso

Molari:

semplici e aguzzi.

coronati e larghi.

con corona, di cui le ripiegature interne hanno la medesima direzione delle esterne.

di cui le ripiegature sono formate da lame molto avvolte.

di cui le lame avvolte sono molto serrate.

tricuspidate.

piatte.

Foramen infraorbitale.

semplice foro.

Canale più o meno lungo di cui l'orificio, interno è visibile alla faccia, e qualche volta doppio.

OS PALATINUM.

Pars horizontalis seu palatina.

Pars lateralis.

Pars posterior.

Processus hamatus.

Canalis palatinus.

Se si vogliono dare delle misure comparative, bisogna misurare ciascuno di quegli ossi la riunione dei quali forma la volta palatina e comparare la loro larghezza, la loro lunghezza e la loro altezza, relativamente alle dimensioni del complesso.

OS ZYGOMATICUM.

La sua forma più o meno compressa.

I suoi rapporti cogli ossi vicini non sono sempre gli stessi; qualche volta contiene dei seni. Indicare le loro comunicazioni.

OS LACRYMALE.

Pars facialis.

Pars orbitalis.

Canalis.

OS NASI.

Lunghezza e larghezza – Notare se ha la forma di un quadrilatero prolungato oppure un'altra configurazione. – Indicare le sue connessioni, che non sono sempre le stesse. La membrana che chiude la grande fontanella lo unisce al coronale.

OS FRONTIS.

I due tavolati dell'osso saranno descritti accuratamente a motivo dei seni che li separano. Il tavolato esterno, piano o convesso, forma la parte esterna e superiore della fronte. Il tavolato interno si separa dallo esterno per unirsi allo etmoide: da ciò l'esistenza dei seni frontali. Si parlerà delle apofisi e degli altri seni che comunicano coi primi.

I turbinati sono prolungamenti dei seni, e ora diritti, ora ricurvi. Hannovi turbinati che non sono cavi e non riposano sui seni.

Il processus zygomaticus è osseo o fibroso.

Far vedere in qual modo la vicinanza del globo oculare agisce sopra la forma del cervello e comprime od allarga l'etmoide.

OS ETHMOIDEUM.

Compresso;

sviluppato.

Notare la sua larghezza proporzionale comparata a quella della base del cranio.

Disposizione delle lamelle dell'etmoide.

VOMER

CONCHÆ

– Semplici, circonvolute, od eccessivamente circonvolute.

OS SPHENOIDEUM ANTERIUS.

Corpus.

I seni sono rimarchevoli comparati con quelli dell'etmoide.

Alœ

Osservare, se non sono separate come nel feto umano.

OS SPHENOIDEUM POSTERIUS.

Corpus.

Alœ.

Sinuositates.

Comparazione dei due ossi e delle loro ali; insistere sul loro sviluppo relativo.

OS TEMPORUM.

Forma della porzione scagliosa.

Processus zygomaticus più o meno lungo; – Curvatura rimarchevole di questo osso.

OS BREGMATIS.

Sue differenti forme; sua grandezza comparata a quella del coronale.

OS OCCIPITIS.

Basis.

Dev'essere comparata con quella dei due sfenoidi e dell'osso etmoide.

Partes laterales.

Processus styloidei.

Qualche volta dritti, altre volte curvi.

Pars lambdoidea.

BULLA.

Collum.

La bulla sine marsupium prende qualche volta la forma di una apofesi mastoidea, ma queste parti non devono essere confuse fra loro.

OS PETROSUM.

La parte esterna è sovente spugnosa, qualche volta incavata da seni; si intercala fra il temporale e l'occipitale. La porzione interna contiene il nervo dell'udito, la chiocciola, ecc.; è un osso duro ed eburneo.

TRUNCUS.

VERTEBRE COLLI.

Bisogna notare la loro lunghezza, la loro larghezza e la loro altezza.

Alas.

È sovratutto sviluppata in larghezza; la qual cosa indica la sua affinità colle ossa del cranio.

Axis seu epistropheus.

La forma delle sue parti laterali e delle sue apofisi spinose è molto rimarchevole.

Vertebra tertia.

Si discosta da questa forma.

Vertebra quinta.

Se ne discosta, anche maggiormente.

Vertebra sexta

Porta le apofisi trasverse di cui era appena indicato lo apparire nelle vertebre precedenti.

Vertebra septima.

È munita di una appendice laterale e presenta delle faccette articolari per ricevere la prima costa.

VERTEBRÆ DORSI.

Loro numero.

Non ho ancora un concetto determinato di ciò che giova principalmente osservare in queste vertebre, e delle loro differenze.

Indicare la lunghezza e la direzione delle apofisi spinose.

VERTEBRÆ LUMBORUM.

Loro numero.

Indicare la forma e la direzione delle apofisi spinose e trasverse.

Insistere particolareggiatamente sulla modificazione normale che sopportano.

N. B. Conserveremo qui l'antica divisione secondo la quale si chiamano vertebræ dorsi quelle che portano delle coste, vertebræ lumborum, quelle che ne sono sprovvedute. Ma negli animali havvi un'altra divisione. Il dorso offre un punto mediano a partire dal quale le apofisi spinose volgono allo indietro, e le apofisi trasverse allo avanti. Questo punto ordinariamente corrisponde alla terza falsa costa.

Bisogna pertanto contare le vertebre fino a quel punto mediano, e di là fino al coccige, e notare tutte le circostanze rimarchevoli.

VERTEBRÆ PELVIS.

Osservare la loro saldatura, la quale è più o meno compiuta.

Contarle.

VERTEBRÆ CAUDÆ.

Loro numero,

Loro forma.

Sovente esse hanno delle apofisi laterali aliformi che vanno diminuendo fino dal punto in cui la vertebra prende la forma di una falange.

COSTÆ.

Veræ

Loro numero.

Loro lunghezza e loro forza.

Loro curvatura, la quale è maggiore o minore.

Bisogna misurare l'angolo che esse fanno alla loro curvatura superiore; infatti, il loro collo si va sempre accorciando, mentre la tuberosità diventa più grossa e si avvicina alla forma di un piccolo capo articolare.

Spuriæ

Medesime osservazioni:

STERNUM.

Vertebræ sterni.

Loro numero.

Hanno una forma analoga a quella delle falangi.

Loro appianamento.

La forma dello sternum in generale, se è corto o allungato, se le vertebre sono tutte somiglianti, o se vanno modificandosi dallo avanti allo indietro.

Indicare se sono compatte o porose.

ADMINICULA.

ANTERIORA.

Maxilla inferior.

Si acquisterà un concetto della sua struttura esaminandola nei pesci e nei rettili, si noteranno le suture armoniche ed altre che presenta negli animali. Nei mammiferi, si compone sempre di due parti, le quali il più delle volte sono saldate nel mezzo.

È un argomento degno di essere meditato questo di sapere fino a qual punto sia necessario scostarsi dalle divisioni e dalla terminologia che si adoperano per l'uomo.

Dentes.

Mancano o ci sono.

Incisivi.

Canini; sua grandezza.

Molari.

MEDIA.

Scapula.

Conservare le divisioni stabilite per l'omoplata dell'uomo.

Forma.

Rapporto della lunghezza colla larghezza.

Clavicula.

Notare se c'è o se manca.

Suoi rapporti di grandezza.

Humerus.

Osservare in quest'osso e in tutti gli ossi lunghi se le epifisi sono saldate, e nell'omero, in particolare, se presenta una tendenza ad allungarsi.

Lunghezza.

Accorciamento e altre circostanze notevoli.

Cubitus.

L'estremità superiore è la più grossa, l'inferiore la più grande.

Notare fino a qual punto quest'osso agguagli il radius in forza e in grossezza, o se gli si appiccica e si salda con esso nel modo in cui il peroneo si unisce alla tibia.

Radius.

La sua estremità inferiore è più grossa della superiore; domina il cubito e gli serve di appoggio. Nello stesso tempo la supinazione si perde e l'animale rimane in una pronazione costante.

Carpus.

Il numero degli, ossi che lo compongono e il loro modo di unione.

Distinguere, se la cosa è possibile, quali sono gli ossi che rimangono e quelli che scompaiono. Gli ossi che sono in rapporto col radio e col cubito probabilmente sono costanti, mentre quelli che si articolano col metacarpo non sono costanti.

Ossa metacarpi.

Numero.

Lunghezza relativa.

Digiti.

Numero delle falangi; probabilmente ve ne sono tre. Cercare di tenere dietro ad esse negli animali con zoccolo e con piede forcuto.

Ungues; ungulæ.

POSTICA.

Si riuniscono al tronco cogli ossi seguenti:

Os ilium

Os ischii,

Os pubis.

Loro forma

Loro lunghezza e loro larghezza proporzionali.

Queste parti si devono descrivere prendendo, fino a un certo punto, lo scheletro umano per punto di partenza. Bisogna vedere se le epifisi sono cartilaginose od ossificate.

Femur.

Quest'osso è ora diritto, ora incurvato, ora contorto su se stesso. – Notare se le sue epifisi sono o non sono saldate. – In alcuni animali havvi un terzo trocantere. – Del resto il femore umano potrà servire di modello alla descrizione di questo osso negli animali.

Petella (rotula).

Tibia.

Raramente ha la stessa grossezza del peroneo.

Parlare delle epifisi.

Fibula.

Il peroneo è diretto dall'infuori allo indentro; si atrofizza nel maggior numero degli animali e finisce per confondersi al tutto colla tibia.

Osservare le sue degradazioni successive, e dire, per esempio, se sta applicato esattamente contro la tibia, o se havvi tra questi due ossi una intaccatura o uno spazio arrotondato.

Tarsus.

Enumerare i suoi ossi, e notare, come pel carpo, quelli che ci sono e quelli che mancano. Si troveranno probabilmente sempre il calcaneum e l'astragalo, che sono uniti alla tibia e al peroneo.

Metatarsus.

Numero delle ossa; loro lunghezza.

Digiti.

Numero.

Notare quale dito manchi, e vedere se non sia possibile pervenire a una legge generale. Si è probabilmente il pollice quello che scompare il primo. Credo pure che l'annulare e il medio devono sovente abortire. Indicare il rapporto del numero dei diti delle estremità anteriori o superiori con quello dei diti delle estremità posteriori o inferiori.

Phalangæ.

Verosimilmente hannovene sempre tre.

Ungues: Ungulæ.

Siccome il carattere principale e più spiccato di un osso qualsiasi, in tutta la serie animale, è il risultamento della osservazione diretta, conviene preferibilmente incominciare col descrivere ciò che si ha sotto gli occhi. Raccostando fra loro queste descrizioni, si trova dapprima il carattere comune; poi, se il lavoro comprende un grande numero di animali, riescerà agevole dedurne il carattere generale.

FINE.